Heibonsha Library

ヨゼフ・チャペック エッセイ集

JN196617

Heibonsha Library

ヨゼフ・チャペック エッセイ集

ヨゼフ・チャペック著
飯島周 編訳

平凡社

本著作は『人造人間――ヨゼフ・チャペック エッセイ集』
（平凡社、二〇〇〇年刊）を改訳・増補したものです。

目次

Ⅲ

Ⅰ　人びと

サボテン愛好家のために

「ハロー、こちらアヴェンティヌム社〔チャペック兄弟と親交のあった出版社〕です。雑誌を出す準備をしてます。創刊号に何かサボテンのことを書いてくれませんか？　一週間以内に、お願いしますよ」

「ぼくが？　だってぼくはサボテンのことなど何も知らないよ。生まれてからこの方、サボテンなんか一本も育てたことがないんだ」

「そこをまあ何とか――」

一週間後――

「ハロー、こちらアヴェンティヌム社！　どうしても必要なんですよ、一週間以内にサボテンの記事が！」

「だから言ったでしょ、ぼくはサボテンと何の関係もなかったって――」

「そこをまあ何とか――」

一週間後――

「ハロー、こちらアヴェンティヌム社！　約束してくれましたよね、うちの雑誌に何か一週間以内に書いてもいいって」

「何を書いたらいいのかわからないのに」

「ああどうぞ、助言しますよ」

「ほんとに！」

「サボテンのことなんか、どうですか」

「何てことだ、いつもサボテンのことでぼくを悩ますんだね。でもぼくはサボテンのことは何も知らないんだよ、一本も育てたことがないんだ。興味を持ったことなんかこれまでまったくなかった――」

「なるほど、それはおもしろい――」

「だからやっぱり何も書けないよ」

「それじゃ何か別のことをお願いします。一週間後にお聞きしますから」

一週間後──

「ハロー、こちらアヴェンティヌム社！　うちの雑誌に何かサボテンの記事をくださるって約束しましたよね──」

「サボテンなんて糞食らえ！　サボテンのことなんか何も知らないし、好きでもないし。それだけだ。この国には立派な市民の自由があるだろうに、ぼくができもしないし望んでもいないのにサボテンのことを書け、なんて強いるとはね」

「おおなるほど。それじゃ、ほかのことを何でもいいですから。一週間後に──」

一週間後──

「ハロー、こちらアヴェンティヌム社です！　あのサボテンの記事待ってますよ──一週間前に約束してくださった──」

「ちくしょうめ、どうしてこんなに不幸な目に遭うんだろう！　よく聞けよ、腹が立つけど、いまいましいサボテンのことを何か書いてやるよ、だけど──」

「おおなるほど、楽しみにしてます。それじゃ一週間以内に──」

そんなわけで、今やこんな状況になっている──何の罪もない人間、絶望に疲れ果てた人間は、もはや自殺するかあるいはサボテンのことを書かねばならない、さもなければ、この世には何の平穏も望めないのだ。

*

このように、今やサボテンは流行である。かつてわたしは、サボテンを収集するのは変人たち、主に若年寄たちで、面倒くさい仕事をしなけりゃならないと思っていた。だが、ブームとなった今、どこでも誰でもサボテンを持っている。知り合いの誰かと出くわすとそいつは自慢しはじめる――ちっちゃな草花鉢を取り出すと、その中には緑色の馬糞かねじ曲ったキュウリのようなものがあり、棘《とげ》か毛が一面に生えていて、とてもおもしろく美しいと言う。大変なブームで、会う人たちはさまざまなサボテンのラテン語名を言い合うが、わたしだけは何一つ知らない。サボテンのことを自然に知っていて見分け、さまざまなサボテンの種類を名づけることさえできる

人たちがいる。わたしはそうじゃない。どこでも誰でも、今日ではサボテンの愛好者であり収集家である。だがわたしは、ほんのちょっぴりでもそうじゃない。わたしは自分が、この国でサボテンのことをまったく知らずまったく好みもしない、まさに最後の一人だと思う。
それなのにほら、まさにこのわたしがサボテンのことを書かねばならぬとは！
そこでサボテン愛好家の皆さん、よくお聞きなさい！　あなた方がサボテンに対して情熱を注いでいる時に、あるものは気に入り、あるものはあまり気に入らず、あるものはまったく気に入らないということに気がついていたかどうか？　あなたにとってあるものは常に同じ状態で、常にみごとに青々しく固く新鮮だが、別のものはぐんにゃりして弱々しく、腐って自然に消えていき、しばしばその原因はまったくわからない。そしてこの場合、あなた方がサボテンを痛めつけたといわれる。なぜかそれは、水やり、乾燥、土が合わないこと、日向すぎるか日陰すぎるか、暑すぎるか寒すぎるか、それどころか単に観賞したせいだ、ということになる。だが実際はそんなことはない。原因はずっと単純である。つまりこういうことだ——弱り苦しみ消えていくサボテンは本物で、明らかに何ものにも苦しまず、ずっと新鮮で青々としっかりしているのは作り物のサボテンなのである。

そうなのだ！　サボテンの流行と、多くの人がサボテン栽培に抱く苦労と失望とを考え、抜け目のない投機家（M・A氏）がサボテンを模造しようと思いつき、さらに（P市に）人工サボテン製造工場を設立した。そしてサボテン流行のおかげで、氏はとてつもない成金となったのだ。彼の思いつきは天才的だが、同時にとても単純で実際的だった。こんな具合に——この世のあらゆるものが偽造できるなら、サボテンだって偽造できるはずだ。

M・A氏の工場ではサボテンはゴムで作られているが、それは主に大きなもので、小さなものは時に木材からも作られている。このようにして、かのM・A氏はその事業において、現代的構造主義〔当時の芸術界の流行〕家具の効果のもとで深刻な危機に陥り、すでに滅亡していた前時代的木地ろくろ細工を復活させた。そうして作られたサボテンの本体は、次に緑っぽく彩色され、さらに熟練した婦人帽子職人や一般帽子職人（これも同様に、今日では非常に失業の多い分野だ）がM・A氏に雇われて、どの種類のサボテンに似せるかによって、その本体に根っこ、さまざまな形の棘や針、へら、綿毛や毛を貼りつけ、形を整えている。

Pan M. A. a jeho továrna na kakty v P.

こうしてこの工場では、主に五十コルナ、百コルナ以上もする、より貴重でとても値段の高い種類のサボテンを製造しているので、今日、この産業は最高に利益のあがるものの一つである。もちろん、輸出用にも大量に生産している。この工場は独自の特別製品、これまでにない新製品を市場に導入し、それにはまった収集家に金を払わせている。この思いつきは発明者を本当に驚くほど儲けさせたが、同時に有益で実際的であることも示した。サボテン愛好家たちにとって、もはや自分のサボテンは消えてなくなったり腐ったりしない。もし誰かにそんなことが起こったなら、それはそのサボテンが本物で自然のものだからである。もちろん、買う時に見極めるのは困難ではある。本物のサボテンは、こうした偽物とほとんど見分けがつかない——どちらも棘が生えていてちくちくするので、触ってみてもその下にあるのが木材でできているのか、ゴムなのか、それともパルプなのかわからないのだ。そしてもちろん、偽物のほうがもっと長持ちし、持ち主をもっと喜ばせてくれる——水をやっても腐りもしないし、ぐんにゃりともせず、どんなことにも、ほんのちょっぴり世話をしただけでも、健康と元気よさと新鮮な見かけで報いてくれる。

サボテンは一般に成長が遅いものだから、栽培するにはある程度辛抱が必要だ。そして不思議なことに、辛抱強いサボテン愛好家だけでなく、あまり辛抱強くないサボテン愛好家にとっても、よく面倒を見てやるとそれらの人工サボテンがついには成長するように思える。それは本物のサボテンが徐々に枯れたり縮んだりして小さくなるからだ。偽物サボテンは、進歩的サボテン愛好家の自慢の種であり、友人たちや訪問者、そして他のサボテン愛好家たちの称讃と羨望の的なのである。

自分自身についての文章？

「あなた自身についてのカリカチュアと文章を書いてくれませんか」——そう簡単におっしゃるけど、時にはとても難しいことがあるんだ。ほかのどんなことについてでも、自分について書くよりは容易だ。論争を設定するのが一番わかりやすい——すなわち、何かに反対し、それについての自分自身の気質と理性によって文と評価を組み立てること。しかし、自分自身について、ほかの何かについてのように、それほど自由にかつ簡潔に語ることはほとんど不可能だ。少なくとも、いつでもできるわけではない。

わたしはもうそれほど若くはないが、自分自身について喜んで気安く語りたがるほど老いてもいない。人は自分について、多くのことを告白しようなどと決して思わずにいるものだし、公衆の関心を集めるための魅力的な飾り窓を自ら用意できるような画家や作家である必

要もない。ここでわたしに考えられるのは、この冊子を読むであろう読者たちのことで、彼らは善意をもってこう思うだろう――筆者であるわたしは読者たちをとても愛していて、すべての読者のために喜んで最善のサービスに努め、お互いの善意と愛の雰囲気に包まれるよう、できるだけみごとに導いてくれるはずだ。だが、残念ながらわたしは、それほど調和のとれた感情に満ちてはいない。たしかに芸術家は善良な労働者と健全に心地よく共感するし、サービスはきちんと行なわれるべきだという良心的感覚も心得てはいるが、しかし――もう何回も当然のことと感じたように――芸術家は読者や観客ほど文明化されていない動物であるのが常だ。もちろんいつでも、できるだけ一般的によく考えることをこの上なく断定的に説く用意はあるし、また次のように宣言する準備もある――自分の仕事をできるだけきちんと遂行すること、つまり自分の専門をできるだけ高く、できるだけ有用な使命の仲間に入るよう野心的にもって行くこと、その専門性を市民的徳性、目的、文化的・文明的な繁栄、さらに民族と人類一般への奉仕に寄与させること。しかし心の底では、ほかの場合においてそうであるような、行儀のよい文明的な若者であるとは限らない。しばしば別の所をさまよい歩き、その文化的課題を果たしたがらない。時には学校をさぼっているようなもので、どうやらそうなって初めて、最も美しいものに気づくようだ。

昨夕わたしは――生まれて初めて――雲の中をコウノトリが飛んでいるのを見た。大気はけわしく、黒い雲が地平線目指して押し寄せ、その上にくっきりと、行方も知らぬどこか遠くの水辺かコロニーをめがけて盛んに彼方を飛ぶ矢のような鳥たちが浮かんでいた。わたしに芸術への思いが起こった。どこを目指しているのか、あのように高く飛びながら、何も認識しないことがあるだろうか？　いやきっと自分たちの確固たる目標があるにちがいない、自分たちの居留地、そして煙突の上の巣が。しかし、あの鳥たちはおそらく何も考えずに飛んでいたのだろう。ただ羽があるから、厚い雲の中を飛んだ――人も常に明快に考えることはなく、何を望んでいるかもわからない――わたしはあのように雲の中を、何も考えずどこへ行くかもかまわず飛びたいと願った。この頃わたしは、最近の思潮としてよく語られる物事の目的性と芸術の目的について思いをめぐらしている。それは真剣に対処すべき課題で、この点で自分の義務を果たさない者は罪に値する。しかしこの世の日常には、あの鳥のように黒雲の中を飛ぶものもある。どこへ行くかもかまわず、何も考えずに、ほとんど誰も興味を持って見ないが、自由で独立して、目的も目標もなく、永遠に過ぎ行く永遠の動物。

わたしははっきりしたことを何も思いつかない。古い文学のモデルにはこんな表現がある――あまりにも感動したので、主人公は言葉も出せなかった。さて、わたしはそんな話の主人公ではないのだろう、そして人は感動を持たぬ状態のまさにその時に、言葉も出せないことがあり得る。少なくとも、そのような状態から脱け出そうとするか、そのような状態を身にまとおうとする場合には。

丘への道で

わたしが幼い小学生だった頃、世界はわたしにとってばかでかい遊び場、男の子の気まぐれだけが考え出すような、ありとあらゆる遊びと娯楽に満ちた遊び場のようにしか見えなかった。わたしはいつも、なぜ大人たちがあんなに真面目なしかめっ面をして仕事をしているのか不思議に思っていた。わたしには、荷車の運送、鉛管工事やタイル工事などが、実際にこの上なくうらやましい娯楽に見えたのに。男の子にとって、御者席に座ったり屋根の上を這い回ったりするより面白いことはないように思われた。そしてこれらの娯楽が、どうも大人たちの陰気な嫉妬心によって、今のところ男の子には禁じられていることを不愉快に感じていた。

ただ一つ、教師という職業だけは、どうもやってみようという気にならなかった。わたしにはその仕事の楽しさがさっぱりわからなかったし、そもそも余計なことだと思われた。わたしはいつも、先生だって列車の車掌や森番になっていれば、わたしたちが遊ぶのをやめさせたりしなければ、もっと楽しいだろうにという気がした。あらゆる職業の中で、先生たちは特に変わった人たちに見えた。先生たちは何か風変わりな性格のために（それは明らかに教養と標準チェコ語の不思議な効果による神秘化のせいだが）、その仕事に就くようになったのだ。先生の仕事は、どんな冒険ともどんな気晴らしや娯楽とも関係がない。ただ時々、ナトリウムや電気を使っての物理化学の実験があるだけだ。わたしの考えでは、先生たちは職員室での職業的な灰色の気分の埋め合わせをするために、休み時間になるといつも物理化学の実験器械で遊んだり、岩石の学校標本の収集や、甲虫と蝶の標本や、アルコール漬けのヤマカガシなどを眺めていたのだろう。あれこれ考えてみたが、その他に楽しみになるようなものとして、学校には何があったろう？

わたしには大人たちのことがわからず、大人たちが男の子たちのように生活を思いどおりにできないことが残念だった――大人になって、生活が遊びでなくなってしまったら、どんなだろう、大人になるまでに何が起こり何が求められたんだろう？　すべてが遊びだと男の子たちに示す、あの飢えたような活発さと幻想はどこへ行ってしまったのか？　男の子の腕白さがわたしの胸の中に、皆の中で自分が一番の腕白になってやろうという強力な野心による衝動を呼び起こした。わたしは男の子たちの中で最高の、誰にも負けない腕白さで抜きん出たいと願った。二本の指を使ってすばらしく上手に口笛を吹くことのできる少なからぬ仲間をうらやましく思った。別の連中の長靴と、脂でべとべとの帽子をうらやんだ。誰よりも遠くまで石を投げたいと望んだ。そしてまた、他の仲間がやれないようないたずらや悪さをしでかしたいという熱意に燃えた。その熱意は大きかったが、考えてみると、わたしは他の仲間と比べたら少しも悪がきではなかった。それどころかずっとおとなしかったし、腕白に行動する能力も低かった。そこで胸中の野心も、果たされはしなかったのである。

一方、長くは続かなかったが、他の連中よりも何かをよく理解しようという野心が、大人になるための野心が目ざめてくる。同級生たちはそれぞれの人生の道に別れて行った。ある者は指物師の仕事を、別の者は馬のこと、また別の者は商売のこと、そしてまた、もう女の子のこと、さらにまた、おそらく政治のこと、そしてついには人生における成功さえわかりはじめた者がいた。ここにもまた、果たされざる野心があった——他の連中よりも何かをよく理解しようという野心である。好きな所からどこから始めてもよい。たとえばタバコを吸うことから——ほら、吸い方を知ってるあの男が、パイプやシガレットを口にくわえているあのやり方を見ろよ！　間もなくあんな風に、実際より二十歳も年上であるかのようになるだろう。さらにまた遊びが始まる。尊厳と真面目さの遊びが。顔を曇らせ、眉毛をしかめ、口をへの字に曲げて、できるだけそのことに真剣になっているような。それは、もはやその人間について離れなくなる。大人の人相が生じる。まず決然たる足取りが、それからやる気が、起業的精神が重々しく成長してくる。それに加えて文句と罵詈雑言が――その比重全体の釣り合いの中で、人生が始まっている。

あの一番腕白だった連中はどこへ行ってしまったのか？　木登りが一番うまかったあの男は、膝を曲げてまるで二本足でいざり歩きをしているようだ。兎のような顔をして、そばかすだらけの鼻をうごめかすことのできたあの男は、ビールの匂いのぷんぷんする長く垂れた髭をはやして、背中を丸くしている。別の男は指物師になって棺桶を作っており、もっともらしく村の議会に参加している。何人かは戦争で死んだ。一人はかつての少年の面影を残していたが、それでどうこうするわけではなかった。その連中の大部分は、朝、自分のまずいコーヒーを、ひどく真面目な顔で一心にすすっている。男の子たちはそんな大人たちのことがわからず、大人たちが遊びもせず腕白なこともしないのを不思議に思う。職業を十回も変え、膝にも背中にもあんなに大きなパッチをしている男が、なぜその魅力的な衣裳で陽気に騒ぎたくないのか、なぜすぐにもぴょんぴょん跳ねて道化を演じて見せないのか？　全員が分別ある人間になり、ただうまくない状況の時にだけ、一人の人間がその分別で他の人間よりも先に立とうと抵抗する。しかつめらしく顔を曇らせ、口をへの字に曲げる。ふんだんに文句を言い、あて推量し、罵詈雑言を放つ。何人かは人々の知識を悪用したりさえする。多くの人は自分の分別を全部まとめても、生活の糧がうまく得られなかった。すべての人があの腕白小僧から成長してそこまで行った。野心から野心へと、人生とは呪われたもので、娯楽でも遊びでもないことを示すために。旅路は容易でなく、狭く通れぬ場所もあり、時には足を取られることもある。場合によって男の子たちは、分別臭く、どれがどんなか、しつこく、こそこそと怯えながら、当てもなく、愚かしく、そして無表情に様子をうかがっている。顔を曇らせ口をへの字に曲げて。男の子たちは大人たちを不思議に思い、あの腕白さが失せた大人たちをつくづくと眺める——何だろう、人生って遊びじゃないのか？

生まれ故郷

生まれ故郷のない人がいたら、教えてもらいたい。そんな人は、見かけの輪郭は完全ではっきりしていても、きっと運命によって何かを奪われてしまったにちがいない！　奪われたことをもう自覚している人たちもいるが、かえってその人たちは生まれ故郷をもっと多く、自分の住んでいた所ならほとんどどこにでも持っている。なぜなら、人間はそれほど柔軟性があり、常に、そしてあらゆることに何か執着し増幅させ、もちろん狂信的になることができるので、ある時期生活に関係のあったすべてのものが、彼の心につけ加えられるのである。

わたしに関して言えば、わたしは確信的な地域主義者であり、自分の生まれ故郷に対しては称讃するのみである。たとえその場所に、もはや関連したものが何もなくなっているとしても。東チェコのフロノフの町の祖父の水車小屋はもうとっくに他人の手に渡っており、マレー・スヴァトニョヴィツェ〔チャペック兄弟が幼時を過ごした小さな町。兄弟の記念館がある〕の領主の館は焼け落ちてしまい、少年時代を過ごしたウーピッツェの町は、もはやかつてのウーピッツェではない。というのは、あの教区の牧草地はすでになくなってしまったからだ。そこではイラクサとスイバとゲンノショウコの茂みに囲まれて、教区の納屋が建っていた。――わたしたちが生まれ故郷のことを考えるなら、それはきっと子供の頃暮らした地域に他ならない。それはわたしたちにとって、まずすべての面で開かれていたあの世界の一部、まずすべての面で新鮮で飽くことを知らぬ子供の感覚と遭遇したあの自然の一部である。その自然の一部は、わたしたちを共に作り出し、条件づけもした。なぜなら、その中でわたしたちの動物的および精神的成長が始まったからである。その当時、わたしたちにとって世界は生まれ故郷に限定されていた。そして――わたしたちがよく記憶しているならば――その中にはあらゆるものが、いやもっと多くの、余分なものすべてがあった。最も小さなものも、とてつもなく大きなものも、最もあたたかく身近なものも、限りなく遠いものも、良いものも恐ろしいものもそのすべてが、さまざまな次元の緊張が、覚醒させるすべてのもの、親しみ深い安らぎと、それに加えて好奇心やあこがれが。もちろん、ここには常にわが家、家族の揺籃《ゆりかご》があり、生まれ故郷の生活すべてに関わる人間の巣があった――実際、これらすべてによって、人間はほとんど自然誌的な動物のある種として決定される。民族的帰属については言うまでもない。

最も深い内面で、わたしは今でも常にあのわたしたちの故郷、ポトクルコノシェ地方の方言を持ち続けている。そのあたりの人たちが医者のチャペックせんせの所へ通ってきた時、わたしがうちで聞いたそのままに——なんかおかしいんでのう、調子がよくねえんで、子供が気分がわりい、目がいてえ、腫れもんができやした、血さ出て来たで。そして他の方言はどれも、わたしにはいささかよそよそしく、それ故いささかわざとらしく滑稽である。「わたしたちの」とか「わたしたちの所で」と言う場合には、他のもの及び他の場所はまったく異なっていること、それらには何か基本的なものが欠けていることを意味する。その基本的なものとは生まれつきのものであり、わたしたちは好んで、かつ明らかに非常に強い内面的原因により、しばしばそれに執着する。この生来的かつ先祖伝来的なもの、それはある点でわたしたちの動物的かつ人間的タイプの基礎になっている。例の郷土料理もそうである。郷土料理はしばしば食卓にのぼらなければならない。そうでなければわたしは欺かれてエジプトに幽囚されたように感じるだろう。家族と生まれ故郷の料理、それらのすばらしさと強さをわたしは有無を言わせぬ誇りを持って眺める。あの先祖伝来の長所と短所、チャペック一族について肯定的というよりむしろ批判的に語られる、あの奪うべからざる性質に至るまでそうである。なぜなら、そのような、まさに他ならぬ性質は、わたしたちの成り立ちの基盤から生じているのだから。

だが広い意味でとらえると、生まれ故郷はわたしたちがある時点で成長したり形成されたりしたあらゆる場所に少しずつ存在する。そして何か心あたたまるもの、内面的に親しみ深いものが、わたしたちを抱擁してくれた場所に存在する。なぜなら、悪しき経験は成長ではなく、強化された知識に過ぎず、そんな経験をした場所は実際には敵対的な他国のようなものだから。わたしはチェコスロヴァキア共和国に、自分の故郷をもっと多く持っている。その森の中では、オウシュウサイシンの元気な茂みが光り、岩の間に蔦が生えている。それ自身の魅力とそれ自身の秘密を持っている地方。何か心が通い合い、何かわかり合える地方。それが心の故郷である。わたしはウーピッェのわが家の庭の垣根の中で育った。しかしまた、ジュール・ヴェルヌ〔一八二八―一九〇五。フランスの作家〕の長編小説に出て来る世界各地の中でも育ったのである。わたしは誇り高きインディアンであり、冷血漢のイギリス人であり、嵐の中の船乗りであった。長い間わたしの思いは、ハムスン〔一八五九―一九五二。ノルウェーの作家。一九二〇年ノーベル賞受賞〕の作品中のヴィクトリアが、あれほどに強く美しく愛された地方に住んでいた。長い間わたしの思いは、わたしがパリを見るまでパリに生きていた。古いスコットランドの岸辺にまとわりついていた。世界のどこへ行っても、わが家にいると考えていた。書物の中で、心地よい天国の門へも、最もいまわしい地獄の門へも達していた。

たしかに、人間が生まれるのはただ一度であるが、それはさらにまた、ゆっくりと生まれ直すためでもある。ジグザグではあるが強い衝動に駆られて、自分自身を獲得していくのだ。その人間に新鮮で飽くなき意図と、成長に必要な精神が残っている限り。

しかし、生まれ故郷が同時にわが家である限り、迷える息子たちは、ただ父親たちのもとへ、わが家へ、自分の出身の場所へ、それ以外には目もくれずに帰って行く。なぜなら、それで初めてそれぞれの大いなる旅路と、それぞれの放浪が完成されるのだから。

そしてわたしは、何のためらいもなく認めるが、生まれ故郷をこよなく愛している。さらに常に引かれ、常に解放されながら、絶えざる帰郷の途上にある転生のための放浪の旅をも。

女の子の父親たち

ふむ、そうだ——だが、どうして実際に描いたり書いたりしなければならないのだろうか。よちよち歩きの女の子が私の足をひっぱったり、靴を舐めたりしているのに。わたしの眼鏡を引ったくったり、ネクタイを引っぱったりしているというのに？　どうして文章を作れようか、あやして踊ってみせたり、四つん這いになって「ワンワン」と吠えたり、幼子がポットにつまずいてころばぬように注意していなければならないというのに？　思えば、男というものが、いかにいろいろな行為をするために神によって創造されたか、以前は一度も考えたことがなかった。

そしてその相手は女の子である。それは女の子なのだ、ありと

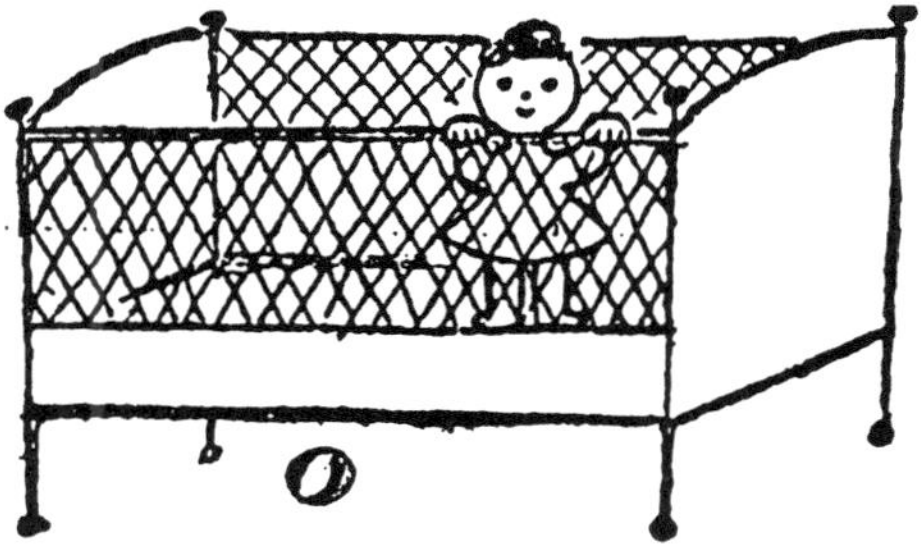

あらゆる徴候、現象、可能性に従って、家族全員と友人たちが皆、確実なうえにも確実に、生まれるのは男の子だと断定していたのに。それは女の子である。なぜなら、この世に出てきたその時は、いわゆる連続性の法則に絶対的に支配されたからだ。「産科医」の説明によれば、その法則に従ってある期間は男の子ばかりが生まれ、またある期間はもっぱら女の子しか生まれないという。この法則にはもちろん例外もあり、男の子と並んで女の子が生まれる時もある。そこでわが家の場合は反駁の余地なく女の子の期間だったのだが、そんな法則があるのに、わが社の編集助手ヴォンドラーク君は、そんな賜物は少しも欲しくない、「女の子なんてまっぴらだ」と言っていた。

しかし女の子の父親は皆、とても喜ばしくうれしいと、この上なくきっぱりと言い切る。それは一般に知られているように、女の子のほうが男の子よりもずっとよいからだ。まず、女の子にはピンクのリボンがとてもきれいに似合うし、母親の可愛らしい美しさを一身に備えている一方、男の子がやがてなるだろう父親のほうは、禿頭で体形も崩れており、全体的に魅力のない牡猫みたいで、その姿はともかくとても美しくは見えないだろう。それは別としても、女の子たちはソフトな性として、ソフトで愛らしい性格であり、それは女性としての優雅さと心地よく結びついている。女の子たちのソフトさに比べると、男の子たちは考えられないほど動物的で反抗的で、騒々しいうえに意地っぱりであり、まったく残酷な生物だと言わざるを得ない。そんなことまで、われわれ女の子の父親たちは、自らの経験により高慢かつ意地悪な喜びをもって強く主張する。しかしそうは言うものの、ある種の不安もつきまとっている。

だが、その種の不安（そいつのせいで心労のあまり、時ならず白髪になったり消耗したりするのだが）について述べる前に、すべての女の子の父親に対し、男の子の父親よりも気分をはるかに高めてくれる、大きな利点と優位について注意をうながしたい。誰もがきっと認めることだが、女性は男性にとって最高の謎でありスフィ

ンクス〔ギリシア神話に出てくる、胸から上は女性、ライオンの体で翼を持った怪物。通行人に謎をかけて悩ませたがオイディプスに謎を解かれて自殺する〕のようであって、常に彼ら（すなわち男たち）に確実な不確実性と当惑を与える。だが女の子を持った男は、男の子しか持たない男よりも、この永遠の謎に間違いなくずっと近づく。そして女の子の父親は、こんなすばらしい感覚も味わうことができる――すなわち、その永遠の謎を自分ではまったく解くことはできないけれども、なんと幸せなことに、その共同製作者のようなものになったので、謎解き不可能なことに、もはやそれほど悩まされなくてもよいのだ。もはやあのオイディプスとほど遠くないばかりか、新しいスフィンクス像の台座の一部のようになったのだ。わたしにはこれ以上うまく言えないが、それはこの状態がすべての永遠の至福の状態がそうであるように、言葉では言い表せないからだ。女の子の父親たちは、きっとただちに喜びと誇りとともにそのことがわかるだろうし、一方男の子の父親たちは、わたしたちの前で不安に身を震わせ羨むことだろう。

かくしてわれわれ女の子の父親たちは、父親のこの上ない美しさと優しさをもって女の子たちの美しさと優しさを押し包み、女の子たちをこの上なく注

意深く育て、女の子たちに心地よい歌を歌って聞かせる。もっともわれわれの喉から響くのは、そのメロディが聞く人の命を奪ったという古代ゲールの伝説の殺人歌「スリフォト・ダン・ナン・ローン」めいているけれど。

そしてわれわれは、女の子たちを養い育て甘やかし、注意を払い見守り、勤勉努力して結婚の際の持参金を積み立て、銭《ぜに》稼ぎのために重労働し、葉巻をくわえることもけちる。そうするのも、わが娘が美しく最上級の頭抜けた性質で他の完成品を凌ぐ評価を得る令嬢に成長すると確信するからだ。ただ、その心配は小さなものではない。なぜなら、それは男が持つ厚顔無恥な性格によって複雑化し強められるからで、今やわれわれは、男であり女の子の父親でもあり、観察者兼実情を知る者として二重に心配する立場にあるのだから。

ブルーのよだれ掛けとブルーの帽子を身につけ、ブルーのがらがらを持ちブルーの乳母車の中から盗っ人めいた目で見とれてい

る手に負えぬ男の子たち、完全には信頼できぬ牡の家畜のような連中が、われわれ女の子の父親たちの恐怖に見開かれた目の前で、日に日に凶悪な肉食獣に成長するのではないか、かつては物憂げな若者で、非常に清潔で高貴な人間になるだろうと思われ、そう宣言もしていたのに、時が経つとずうずうしく強欲になり、われわれの腕の中から花ざかりの大切な娘ばかりか、粒々辛苦の末に貯えた持参金まで奪ってしまうのではないか？　こいつらの享楽にふける肥満面《づら》の真ん中できょろきょろ動く目玉のいかにもわがままな表情は、その持参金こそ、第一級のならず者になろうとしているこの連中の狙いだと語っているようだ。さもなければ、われわれの娘の大いなる美しさといとしさが、小生意気な無法者を引き寄せて、娘たちの純潔を勝手気ままに手に入れようとさせるのか？　われわれは、連中の恥知らずな誘惑から娘たちの美徳を守れるだろうか？　というのも悲しいかな、男という性による誘惑の傲慢さを、われわれはとてもよく知っているからだ！　男の子の父親たちは恵まれた平穏の中で、何にも心配せずにゆったりと安楽椅子に身

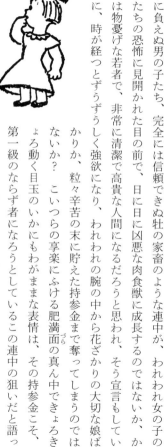

を沈め、太い親指で楽しげにコーヒーミルを操るだろう。彼ら一族の男の子である誘惑者たちは、女の子を求める高慢な探検旅行の途上にあるだろうけれども、女の子の父親たち、か弱き老人でやさしい保護者であるわれわれは、震える膝で見張りに立ち油断なく警戒し、衰えた手足で男たちの罠に対して戦うことになる。

それはもう始まっている。まだ乳母車に乗っているのに、もう顔に笑みを浮かべ、自分のほうへ引き寄せて知り合いになりはじめている。われわれ女の子の父親たちは、二十年後に、ああ、このことを何と考えるだろうか？

安い見物席について

かなり低い次元からとらえてみると、こう言えるだろう——人間は主として腹と眼で生きている。互いに何かを伝え合ったり、他人が感じたり言ったりしていることに耳を傾けることは、最も必要なことのうちには入らない。腹の生活にとっては、ただ何かが見えれば、直接身のまわりで起こっていることだけが見えれば、それで十分なのだ。まず何よりも、何か危険が迫っていないかどうか、それから逃げることがよいのか、敢然として機敏に立ち向かうのが望ましいのか。その判断のために、眼はあらゆる感覚器官の中で、最もよくはたらく。それはよく言われるように、外の世界を見張る本当の窓である。たとえ体の内部が空っぽでも、腹の中にまったく何もなくても、眼は見ている、とてもよく見ている。たとえ腹が満ちていても、眼は貪欲なままである。ついでながら、身のまわりの生活を満たしているあらゆるものと、よく起こる偶然の出来事が提供してくれるありがたい眼の保養物を見ることは、あらゆる楽しみの中で最も心地よく、最も費用のかからないものである。それはただ、眼をあけてのぞいてさえいればよい。そして人間は実際に、眠っていない時には眼をあけている。夏は夕方は長くて明るく、まだ眠るわけにもいかず、寒さのために家に帰ってストーヴにかじりついたり羽根ぶとんにもぐり込んだりしなくてもよい。そこで懐のさみしい借家人たちは、建物の入口や地下室の開いている窓の所に座って、少し離れたプラハの通りが彼らに与えてくれるものを見ている。これは腹を大いに満たすものではない。心の窓から見ているのは、貪欲でも恐怖でもないおだやかな期待で、歩道が無料で見物させてくれるものを、殺風景な通りに生活の流れと偶然がもたらすものを待っているのだ。

眼に見え移り変わるすべてが、おだやかな関心をもって見守られる。見物人は適当に参加し楽しみを得ているのだが、全部が全部楽しいというわけではない。しかし、対象が非常に豊富で完全なものだから、それらが全部出尽くして、通りが空っぽになってしまうと退屈になる。それゆえ、建物の入口や地下室の窓辺にいる物見高い連中と並んで、同時に倦怠が、日曜の大きな退屈が、大草原のように広く無限の退屈が腰をおろすことになる。そこへ、行楽帰りの人たちが何人か通りかかる。大きくて毛深いドイツシェパード犬を連れたお嬢さん、白くてすべすべの小さなフォックステリアを連れたおばあさん。それから一人の紳士がやって来て、敷石をステッキでこつこつ叩いて歩く。そしてこの人は片手にレインコートを掛けている。それから二人の男が行く。一人は太っていてもう一人はやせており、一方はブルーの服、他方はグレーの服で、何か話し合っている。さらに、なにやら急いでいる男が現れる。そして誰かが通りを自転車に乗って行く。または足の悪い人がのろのろと苦労しながら進んで行くのを、あたりの人たちが眺めている。

これらの多くは、どこへ行っても他の見物席ではほとんど見ることはできない。この場所、地下室の窓から見られるいくつもの通り、日曜には多くの人たちと大きな退屈が仲好く座るこの場所よりも、もっと見たいという欲にかられたり注目されたりする見物席は、他にはほとんどないだろう。ここでは、冷たい疲労で不機嫌になっている行楽帰りの人たちが歩く代わりに、すばらしい武具に身を固めた騎士たちの騎馬隊が行進することは決してない。ここでは、アラビアのベドウィン族とラクダのキャラバンが旅をすることも決してない。ここでは、金持ちの誘惑者に追われる美しい孤児の姿がちらつくことも決してない。

この通りをたまたま道筋として歩み、きみの足取りを追う突き刺すような視線に悩まされる巡礼者よ、きみの身にはおもしろがらせるものや変わったものは何もない、破れたズボンをはいているわけでもなく、背中に汚点をつけているわけでもない、おかしくもなく、目立ちもせず、疑わしいものは何もない、ということを知って欲しい！　たとえきみが、自分は見物人たちを楽しませている不本意なチャップリン〔一八八九—一九七七。イギリス出身の有名な喜劇俳優〕みたいだと思っても、きみの身にはまったく何事もないことを知って欲しい。きみの帽子はちっともおかしくないし、きみのズボンは縮んではいないし、きみの足取りはまっすぐだ。それに、きみの考え方をとがめ立てするような人はここには誰もいない。きみのことを変装した伯爵さまか盗賊か、または狂人だと考える人はここには誰もいない——そしていったい、何できみのことをとやかく言えるだろうか、きみは無料で見世物になってくれているのに。

ここでは、この安い見世物を楽しむ見物人たちの前を、怒り狂った農夫に追われたおでぶちゃんが猛烈な勢いで走って逃げて行くこともない。カウボーイたちのガンの銃弾の上を踊ってみせるハロルド・ロイド〔一八九三—一九七一。アメリカの俳優・映画製作者〕もいない。ちっちゃなメアリー・ピックフォード〔一八九三—一九七九。アメリカの無声映画時代の女優〕が優雅な小川のほとりで優雅に洗濯物を洗うことも、ここではない。おそらくここでは、いつか——とにかくただというのに——まばゆいばかりに白い天使が、敷石の上のごみを払い清めるように、その大きな翼をひらひらと上下に振って飛び過ぎることだろう。さもなければ、神様がそうなさるのだろうか？　もし地下室の窓からの見物人たちが、けしからぬ現象として警官にそれを告げ口しないならば。

あまりにも不思議な現象が起これば、見物のおだやかな楽しみは不測の事態になってしまうだろう。楽しみは激しい不快感によって抑えられる。なぜなら、退屈と見物人の中間に、まったく期待されず、まるで求められてもいない興奮が割り込んで席を占めるだろうから。ここで、眼に対してではなく、魂に対して与えられるのは、適度な楽しみ以上のものだ。

舞台の準備

作家が戯曲を書きそれを舞台にかける時、どのように事態が進行するかについては、すでに大いに適切に描かれてきた。最初の本読み、予備稽古、さらに総稽古の様子などが。作者の言葉が作品としてどのように舞台で具体化されるか、最終的にその場面に参加する時、作家が何を感じ何を経験するか、そうしたすべてが感動的な描写で語られてきた。

作者とその戯曲、舞台全体の運行が回転しはじめる時の軸が、どのようになるかをわれわれは見た。いかにきしみながら、一見すると混乱状態の中で、いかに物凄いスピードで、すべてが芸術を愛する気高い精神への奉仕に組み立てられているかに注目した。その精神に通じる道として、作者は自分の戯曲を与えたのである。

同時にわれわれがここで見たのは、作者というものは自分が必要な存在であるにもかかわらず（実際、作者以外の誰が舞台用作品を書くことができようか？）、完全に余計な存在であり、ついには見棄てられているとさえ感じることだ。なぜなら、ここに解き放たれて動きまわっているすべての真ん中にいながら、彼だけがその活発な動きと騒動の主体になっていないからである。

彼の肉体そのものは、ハイライトもフットライトも浴びることなく、留め金をつけて完成され安定することも、膠《にかわ》絵の具や色止め剤を塗られることも、カーテンを吊るされることも、

草でおおわれることも必要ない。ふらついていても、舞台の低階段につないだり、ドアにはめ込んだりする必要もない。

彼が作品がうまくいくよう、できるかぎり自発的にすべてを遂行しようとすることは疑いもないが、舞台作品の作者としての立場では、目の前に起こった混乱状態を石になったようにただ見ているだけで、何もしないでいるしかない。

おまけにここでは、作者など本当にな

すべきこともなく邪魔になるだけだと感じながら、テーブルを運んでいる大道具係を避け、壁に苦労している脇《わき》道具係とぶつかる。悪いことでもしているかのように劇場内をあちこちさまよい、うろつき、どこへ行っても自分の存在が有用だったり有能だと示すことができない。

演出家に何か言いたいと思うが、演出家は作家の相手をしてやる暇などないし、俳優たちは楽屋で、釣りのことや結腸《けっちょう》のことや、誰かがフラデツ・クラーロヴェー〔チェコの都市〕で三十年前にどんな演技をしたか、いつ誰がどんな名前の役をつとめたかについておしゃべりをしている。作者自身もそのおしゃべりに加わって主役となり、自分の作品についてまったく気おくれや心配はしていないことを示そうとする。

これがまさに、その実態である。このすべての中で、作者は思っていたよりはるかに余計な人物である。彼の作品全体は、別の人間の手にゆだねられるのだ。

演出家は自分のコンセプトを作り出すが、苦悶の状態に陥り、作者が自分の作品によって、実際に演出家のコンセプトを損ねていることに気づく。演出家は立派な劇を演出するのに、作者がしばしばそれをひどくおびやかす。それは、作者が自分の脚本によって、まったく不適切で有害なものを芝居の中に投げ込むからだ。

実際に最もよい舞台演劇は、作者も脚本も、おそらく俳優も持たぬものだろう。なぜなら、そのすべてが、しばしば演出の成功をおびやかす要素だから。

それゆえ、創造的な演出家の作品は、この上なく困難で悲劇的である。なにしろ演出家は、実際に書かれたり演じられたり演出されたりするよりも、もっとよいと思われるものを目指して努力するのだから。

つまり演出家とは、一種の呪われし者に属する。まるで砂でロープを綯り合わそうとでもするかのように一生懸命にむだな努力をしながら、自分にもそれを知らせようとしないのである。

絶対的支配権を持ちながら、演出家は美術監督との共同作業を確保する。脇道具類、カーテン類、衣裳は、舞台を運営するのに欠かせないものだから。美術監督もまた、まずいことに作者の規定に縛られている。火山地帯やキュビスム的な極地を背景としたエッフェル塔を舞台の上に建てるとか、これまで見たこともないような構造物、回転車や滑り台、灯台や吊

り橋を魔法のように作り出すことが、美術監督にとって非常に楽しいことは確かである。しかし作者は、単にボドレーシュチコヴァー未亡人の貧弱な調度の居間とか、平凡な市民の部屋を要求するだけだ。

時には作者が、演出家にも美術監督にも、機会をとらえて対面し、さまざまな相談をすることもある。だがそれはドアが中央にあり、右手にまたバルコニーに通ずるドア、左手にさらに寝室に通ずるドア、そして当然のことながら窓辺にはカナリアの入った籠がある、というようなことだ。

もちろん別なタイプの作者たちもいて、彼らは一連のすばらしい舞台転換を、誘惑的な画像効果と想像して設定する。その場合、数秒間で原始林は王宮に変わり、王宮は田舎の居酒屋に、居酒屋はさらに岩の多い峡谷に変わる。

それによって演出家も、美術監督も、舞台監督も、与えられた条件でいかにすべての機械仕掛け、造形物、落とし戸を用いて、一分間でその仕事をやってのけるべきか頭を悩ますことになる。

美術監督はそこで作品を通読するが、その言葉の美しさの多くを無視する。彼が眺めるのは主に、作者が要請したドアや邪魔な家具がどこにあるべきかということで、後に演出家と職権により別の形にするためである。

作者は驚きながらも、自分が意図したのはまさにこうであって、これ以外は想像していなかったと言う。それはまさに舞台に特有なもので、事態全体が最初の様子とは幾分異なってくる。

舞台装置が到着すると美術監督は、その一つひとつが、想像していたより背が高かったり、幅が広かったり、短かったり、小さかったり、異なっていることに驚くのが常である。そして演出家も驚くが、それはもちろん、美術監督にまかせたために舞台が想像していたのとはまったく異なった様子となったからである。

そこで妥協する以外にないが、何より奇妙なことは、この見え方が悪くなればなるほど、批評家も一般大衆も口をそろえて、今回の舞台装置はまさにぴったりで大成功だとほめそやすことだ。

美術監督はそれから舞台装置案をまとめあげ、それを演出家のところへ持っていき、舞台

監督と相談するように頼む。舞台監督は手を絶望的に強く振り、きっぱり宣言する——それは絶対にだめだ、道具製作部も絵画部もまったく時間がない、つまり、奇蹟でも起こらないかぎりどうしようもない。

さて結局、道具製作部にも絵画部にも、なんとしても時間がないなら奇蹟を起こすように努力してくれと頼むことになる。部品と部品が組み合わされ、森と岩の輪郭が生まれる。絵画部では、強い膠の匂いが広がり、もう三十年以上も劇場にいる男たちが、トルコ帽を頭にのせ、長いトルコ煙管《きせる》を口に咥えて、作画に没頭している。

「また何かキュビストの絵か」。そんな年を食った生き証人がぶつぶつ言う。「もし、ラファエル〔一四八三—一五二〇。ラファエロ、イタリアの画家〕が、こんなわれわれを見たらなあ！」

今はもはや、三十年前のようにはいかないのだ。あの頃は、劇場の絵画部はちょっとした美術アカデミーのようで、すばらしく丹念なパノラマ的な舞台背景に、洗練された「バウムシュラーク〔ドイツ語の絵画用語「簇葉（そうよう）（繁っている葉）」〕」が大切に描かれ育てられていた。今日ではもっと速くできるように、バケツから直接画布の上にペンキがぶちまけられ、ほうきのような筆でそれを塗りたくる。すると見よ、舞台の上には魔法のようにすばらしいブロケード織の紋様とか、影のある森がつくり出される。

現代は劇場に、その粗野な、ひと足七マイルの速さで歩む靴を履いて侵入してきた。かつてのさまざまな繊細な仕事はもう見られなくなった。今は舞台の上の色づけには、絵画よりも照明のほうが大きなウエイトを占めている。そして劇場絵画部の年老いた名人たちには、かつての技術よりもむしろ量が要求されている。だが名人たちは、新しい技術にはまだまったく踏み込んでいない。

絵画部と同時に、劇場の男女の裁縫師とかつら師の仕事も始まっている。この人たちはすべて、徹底して野心的な人たちである。なぜなら「衣裳が人を作る〔馬子にも衣裳〕」と言うように、劇場の衣裳部は、「俳優を作る」ことを基本としているからだ。

「こんな低いウエストでは、わたしはヴィドラ〔一八七六―一九五三。チェコの俳優兼プロデューサー〕氏を役に合わせられませんよ」劇場裁縫師は美術監督に言う。

美術監督がコスチュームの提案の際に、細かいプロポーションの計算を間違えたのだ。作品の成功を最大の喜びとして、ここでは、あり得ないような極細ズボン、丸まるとした下腹と尻に合うもの、短すぎたり長すぎたり、ぴったりしたり、または見たこともないほどたっぷりしたコートを、その体型の要求するがままに縫っている。

一方、ここでは裁縫師としての最大の機転と熟練のわざを働かせ、もし作品をユーモラスにする必要があるならば、役者の衣裳をまるで体に合わないようにしている。ここでは、普通の布から絹布が、ズック布からブロケード織がつくられ、古いオーストリアの軍服の上衣が、シェイクスピアとかモリエールの作品のどれかに使う貴族と従僕の上衣に縫い替えられている。

そして、作品が全体的または部分的に「古風な」ものだと説明されると、劇場の衣裳係は喜ぶ――選択役の美術監督に、名優シュマハ〔一八四八―一九一五。国民劇場の俳優兼プロデューサー、作家〕氏がボズヂェフ〔一八四一―一八九。国民劇場の座付き作家、批評家〕氏のいくつかの芝居の中ではいたズボンを、バーナード・ショー〔一八五六―一九五〇。イギリスのノーベル賞作家〕の芝居でも使えないかと提案できるかどうか。

　というのも、劇場の衣裳部はいわゆる「背広《ツイヴィル》」、すなわち現代的服装に関して、おかしなほど窮迫しているからだ。

　たしかにここには、天使五十人、インドのラージャ〔インドの王、貴族〕十人、ルドルフ一世〔一二一八―九一。ドイツ王、ハプスブルク朝の祖〕時代の騎士たち十五人、中国の官吏《マンダリン》またはローマの百人隊《ケンテュリオン》百人、それぞれの分の衣裳は見つかるが、たとえば、現代風の明るい色のズボンは一着もない。そのため、古いオーストリアの将校服、いわゆるペヤチェヴィチキを、ありがたくいただくよりほか仕方がない。その服は通常、オネーギン〔プーシキン作の韻文小説の主人公〕役が着て演技しているものだ。

　劇場の衣裳部にとってやりがいがあるのは、このような古い衣裳しかない。それらの衣裳は、数多くのさまざまな作品の名誉を担っており、その作品の中で、劇場の歴史の名誉となる名優たちの肉体を包んで演じ、成功を収めたのである。

　初演の際には、劇場の衣裳部は舞台裏に詰め、部長さんは悲劇役者の動きの一つひとつから目を離さない。

　恐ろしい出来事が起こり、それから自殺になるのか、集団殺人となるのか誰が知ろう。悲

劇役者は陰謀家によって窮地に追いやられ、無実の罪に苦しむ。ほら、悲劇役者はまるで神のごとく演じている。胸に手を当て、すばらしい韻文で語り、腰をおろし、立ち上がり、剣の鞘《さや》を払い、くずれ落ちて死ぬか、または勝利を収めて王位につく。またはあらゆる敵対行為を克服して、ついに初恋の人と結婚するだろう——。

劇場の裁縫部は、彼の動きの一つひとつから目を離さず、そのジェスチャーを呑み込み、観衆が泣いたり感動したり笑ったりして、観客席が嵐のように熱烈な拍手喝采をはじめると、最高に感激してつぶやく——。

「あの衣裳は、X・Y氏に着られて、なんとすばらしく演技していることか！」

裁縫師のほうも、プラハの町中《まちなか》の半分を献身的に駆けずりまわって、役柄の雰囲気にふさわしいフランネルの布を見つけ、胸のところには彫刻家さながらの巧みさでキルティングをつけ加え目立つようにするために、技術者としての十分な工夫を捧げたのだ。

それから、かつら師のことも忘れてはいけない。その仕事場は劇場の最も奥まった目立たないところに隠され、メラネシアの先住民の神殿か、インディアンのテント小屋《ウィグワム》に似ている。ここには赤毛、長髪、黒髪、赤茶髪、灰色や銀灰色の髪などがついた頭部が、少女のおさげの金髪や、あらゆる種類の禿げ頭と並んで、ところ狭しと置かれている。テーブルの上には、首の台座にのった頭、短く切られた頭があり、そのそばに鼻、道化の尖った鼻、飲み助の愚か者の鼻、騎士たちと陰謀家たちの鷲鼻、もじゃもじゃの眉毛、あらゆる種類のあごひげとほおひげ、武装市民と森番の口ひげ、山賊や高貴な神父や修道僧たちの顔一面のひげ、あらゆる種類の毛と色のひげと髪、考えうるかぎりの、人類の髪とひげの装飾のすべてがある。

それに加えてメーキャップ用品がある。それらによって、血のようになまなましいくちびる、美しい恋人の赤く渇きを叫ぶくちびるが描かれ、それに天井桟敷の学生や

女中さんが魅せられるのだが、さらにおしろいとヴァーミリオンの色、そこから抑えた調子のやさしい顔が作られ、そして狂ったように見えるほど深く輝く目を描く黒がある。

ここには、高貴な顔を作るための明るい肌色のドーランも、密猟者や、ジプシー女性や、ローマの奴隷用に使う最も暗い肌用のドーランもある。ここには、俳優の顔に塗ったりこすりつけたりするあらゆるものがあり、近くで見ると、とてもみにくく汚く油っぽいが、フラシ天の座席に座って幸福な気分で見ている観客は、まるで本物だと信じたがるのだ。

舞台の欺瞞のすべては、近くで見れば明々白々だ。それは、観衆との挑発的な接触によってやっとみそぎを受けるあの欺瞞である。稽古の時も、総稽古でも、初演の舞台裏でも、欺瞞は恐ろしいものだ。シャンデリアが消え、幕が上がり、観客が注視する時、やっとその目の前で欺瞞が溶け、背後に退き、姿を消し、舞台の情景が真実と美の場となり、汚く彩色された道具類がすばらしい風景画となり、ブリキが金に、くず繊維が予言者のひげに、紅色《カーマイン》のドーランが心をそそるくちびるになり、そのくちづけを求めて舞台の上で主人公たちが争う。

近くから見ると、作品はとても粗野で未完成だ。しかし、それが成功する時は、ぴったりと幻想が取りついている。そして幸運にも完全に成功する時には最後まで幻想がつきまとい、それから幻想は観客のお供をして家へ帰り、さらにその後もずっと付き添い続けるのだ。

庭の思い出

わたしの知るところでは、カレル・チャペックの園芸熱に強い刺激を受け、毒された人たちがいた。誰かの庭が好きになるのはどんな人だろうか？　この世の中にはもっと重要なことがあるのに、これ以上大切なものはないかのように草花とたわむれ、こまごまと世話をする人たちがいるとは！　きっとその人たちには、ある程度の理屈があるのだろう。どんな草花も庭も、世の中の動きに決定的な方法で介入はしないし、その歴史を何も補修してはくれない。だがそれも結局は同じことだ。例の不満分子たちがカフェで世の中の動きにあれこれ文句をつけていた時、カレル・チャペックは自分の庭をいとおしんでいた。もちろん仕事の後、自分の他の仕事を済ませた後のことだが。それはただ、世の中の動きがとてもきちんとしていて、カレルが自分の義務も、自分の人生の喜びも持っていたからだ。カレル・チャペックの庭に毒された人たちも、歴史の動きを決定しはせず、止めもせず、嫌気がさしながらも、特定の個人的な人生の喜びに毒されていることを感じていた。

しかし、そんな風に誰かの庭について語ることは、庭を持たず草花をいとおしんでいない別の人たちにとって、まるで他人の子供について語るのと同じように、無益で困難なことかもしれない。カレル・チャペックの庭には、今年の春、もはや主がいない〔カレルは一九三八年十二月二十五日没〕。そこで、その庭について何か代理人として、また一部は自分自身の必要から語るのだが――というのは、今でもわたしには故人がその庭の中を歩き回り、そこで庭仕事をしているのが見えるし、今でもそこはわたしにとって幻の会話の舞台なのだから――わたしはこの章を、庭の土を自分の指で掘ったこともない人たちにとっても、せめて少しでも味のよいものに仕立てることに努力しよう。

あの頃のいつか、わたしたちの合図としてカレルが窓の下で口笛を吹いたことを思い出す〔兄弟はプラハ市内の同じ建物に住んでいた〕。もっとも口笛もそう上手には吹けなかったのだが。「いったい何だい？」「来て見ろよ、ぼくのコニクレツ〔和名オキナグサ〕が咲いてるぞ！」そのコニクレツ、それはカレルの庭の自慢の一つだった。タトラ・コニクレツ、学名プルサティラ・スラヴィカ、それはいささか特別なわたしたちの愛国心の対象で、あらゆる魅力の中で最も美しい魅力を持ち、二十も三十もの、とても大きな花を咲かせる。その花は絹のようになめらかな赤紫色で、黄金色の葯《やく》を持っており、その上をマルハナバチたちが酔ったようにふらついている（いつだったか、どうしてそうなったかわからないが、大統領〔T・G・マサリク。一九一八—三五在任〕との会話の中にコニクレッツという単語が出てきたことがある。「何だって？」カレルは言葉を途切らせた。「いったい何からそんな不思議な単語ができたんだろう？　コニクレッツはクーニ〔変化形コニーの基本形。「馬」の意〕とクレッツ〔「檻（おり）」の意〕と何か関係があるのか？　おそらくそれは、本来の単語じゃあり得ないだろうね」。そしてまた、実際にそうではないのだ——もちろんその当時わたしたちは、知られざることとではなかったのに、そのことを知らなかった。つまり、コニクレッツは、もともとはポニクレッツ〔スロヴァキア語 poniklec〕だった。なぜなら、その葉が、庭に移植されると間もなく、いわゆる萎縮、衰弱する、つまりうなだれた状態になる——ポニカーする〔ロシア語 poniká（поника）〕からである）。もちろんわたしは、それよりもずっと前に、その美しいコニクレッツを見に行っていた。しかしそれに加えて、さらに特別にカレルと一緒に訪問する必要があった。「それはぼくのために咲いてるんだよ、どうだい？　そしてぼくのために、きみ、ここにはあのキングサリがどんな風に咲いてることか！」

そしてここで、わたしはカレルにほほえみかけていた——ぼくは、わが国の園芸家業について、奇妙な発見をしたよ。つまり、園芸家たちの特別なエゴイズム、奇妙な誇大妄想についてだ。園芸家でない人が、どこかでコニクレッとかライラックとかシャクヤクが咲いているのを見たら、こう言うだろう――ごらんよ、あのきれいなこと、ここにはコニクレッが咲いてる、ライラックが咲いてる、リンデンが咲いてるよ。だが園芸家の場合にはまったく異なる。園芸家の表現は、未聞の、まさに高慢きわまる自分との関係性によって誇張されている。それは極めて個人的な所有欲のためだ。「プルサティラ・スラヴィカが咲いたって？」「いや、そうじゃないんだ。急げ、何もかも放り出して見に来いよ、ぼくのためにプルサティラ・スラヴィカがどんな風に咲いてるかを！」「ぼくのためにムラサキライラックが咲いてるのを見るだろう！」「ぼくのためにリンデンが咲いてるよ」。もし園芸家の庭にマンモスのような巨木があったとしたら、その巨木すべてが彼のために花を咲かせることになる。そこでわたしは、この園芸家のエゴイズムを――それについては、もちろんわたしも無縁ではないが――からかっていた。「きみのために咲いてるコニクレッなんかないよ」「何だって、ぼくのために咲いてるんじゃないのか？　何であれが見えないんだい？」「見えるさ。だけどあれは、自分のために咲いてるんで、きみのためにじゃない」「うむ、それじゃそうしておこう。だが、あれを見ろよ、あそこでムラサキナズナがぼくのために咲いてるのを！」

だが真実を追って述べるならば、園芸家たちは、自分のこの所有者的誇大妄想について、良くも悪くも同じように正しいのである。クワガタソウは彼のためにすばらしく咲いている。だがその代わりに、ヤマリンドウは彼のために咲いていない。このシャクナゲは彼のために病気になっているし、ビャクシンの木は彼のために枯れてしまった。

　そこで今、いとしいカレル、きみのために、わたしはきみのこの庭について報告しなければならない――きみの庭では、こんなに恵まれない今年の春でさえも、すべてが順調に登場しつつある。ただ、不思議に悲しくも残念なことに、きみが愛していたコニクレッ、きみの自慢の花だけは、きみのために姿を消した。その生涯を終えたのだ。おそらく、あの花も病いを得て、物質と形の世界から去って行ったのだろう、きみとともに！　そこで今年はもう、その花はきみのために咲いてくれないが、わたしたちはきみのために新しいコニクレッツを植えた。それからキティスス・ケウェンシス〔キングサリの一種の学名〕もきみのために枯れた。もっとも、もう去年のうちにろくでなしの鼠どもにひどく齧られてしまったのだ。きみのために、これも新しいのを植えた。神よ、願わくば、きみのために来年は美しく花を咲かせたまえ。願わくば、きみがあれほどにまで愛していたきみの庭で、すべてがうまくいきますように。きみのこの庭に、寒い今年の春の後でも、すべてが健康に芽を出し、きみのために美しく花を咲かせますように。何ときみは深く愛していたことか！　庭とともに、祖国チェコのすべてが、きみのために美しく花を咲かせますように！

Ⅱ　社会

悲しいことだろうか?

小川沿いの路上で、飢えのために死んだ人の死体が発見された。——小川の近くの街道上で、人が飢えのために死んでいくのを放っておくことがどうしてできようか? その人はもうそれ以上歩けなかった、何日もパンの耳さえ口にすることができず、衰弱して最悪の死に方をするなんて。悲しいことだ、飢えのためにその人が死ぬがままにしておいたとは!

その日、列車での旅を目前にして出発前にカフェに座りコーヒーを飲み、そこでさらに時間をかけてドーナツを二つ平らげようとしていた若い男は、このニュースを聞いてのしかかるような恐怖にとらえられ、ひどくわが身をとがめた——どこかで飢えのために死にかけている人が小川に張った氷の中に沈もうとしていたことを何も考えずに、自分は食べ物をむさぼっていたのだ。「悲しいことだ!」と自責と哀悼の念を深く感じながら、若い男は書いた。どうしてわたしたちは物を食べることができたのか、できるのか、できるだろうか、いや、どうして生きていられるのか？　この瞬間に誰か見棄てられた人間が、どこか小川のほとりで飢えのために死にかけているのを放っておきながら。そのことのために、どんな悲しみがすべての人にふりかかることか、そしてそのように残酷に失われた生命に対する責任と罪がいかに重いことか！

そう、そのようなニュースを聞いて、激しい恐怖と身をさいなむ思いに心を締めつけられぬ者があるだろうか？　そして、その若い男がそれに対して書いた言葉は、最大の哀悼と告発の叫びである――わたしたち他の人間たちは、一人の人間が飢えのため死ぬのを放置した。その人間のことを気にもかけず、自分自身のことだけを心配していた。そしてその人間の死に対する責任は、わたしたちにふりかかる。わたしたちは生活を楽しみ、誰かは飢えで死ぬ。わたしたちはそれには無関心で心満たされ、誰かは小川のほとりの無人の街道上で飢えのために死んでいく。

その話はとても残酷なので、恐怖にとらわれ重い責任を感じている心が少しでも苦痛を免れられるように、何か別のことを言う必要があるだろう。なぜなら、わたしたちが存在し生きてゆけるためには、何か心の痛みを取るものが結局は必要なのだから。人生はこのような自責の念の圧力と、このように過敏と言えるほど沈んだ気分にさせる悲しみの中で、常に締めつけられる心を抱きながら突き進むことはできないものである。だから、わたしたちの人生は、このようなことに単純に責任があるわけではないし、責任があってはならないものだ。小川の岸辺には、常に飢え死にした人の死体が横たわっているわけではない。飢えのために死んだ誰かが路上に放置されるのは、ほんの時たま、珍しいことで、ごく稀に起こることに過ぎない。そこでこれは、そんな信じられぬことが時には起こるという異常なシグナルであり警告である。モラヴィア地方は、サハラ砂漠でもなければ北極の平原でもない。そんな所だったら、飢えている人が助けを呼ぶこともできないだろう。――しかしここでは、死につつある人のことを知らなかった無意識の殺人者が告発されるだけでなく、死につつある人自身にも責任がある。人びとに対する不信と、無用な衰弱の点で責任があるのだ。なぜなら、その人は自分の人間としての価値を十分に重んじていなかった。その価値は、助けを呼び、助けを求めるのに十分な権利をその人に与えていたはずだ。大海原で沈みゆく船は、四方八方に救援を求める。その呼び声は援助の要請なのだ。

列車での出発を前にしてコーヒーを飲み、ドーナッツを二つ平らげようと長時間誘惑されていた若い男は、飢えのために人が倒れたあの小川のほとりにその時いたわけではない。もしその人間の難破船が、その時座っていた椅子のそばで沈みかけていたなら、若い男は疑いなく自分のコーヒーもドーナッツも全部、それどころかもっと多くのものをその人に与えたことだろう。そして、もしその小川のほとりにいたか、またはその人の叫び声を聞いて事態を知ったなら、救援のためにできるだけのことをしただろう。必要なのはただ、誰かが援助を必要としているのを知ることだ。なぜなら、自分の仕事に拘束されている近くの人も、列車の出発前に時間をかけて食欲を満たそうとしている男も、小川のあたりを歩き回り、飢えのために死にかけている人を見つけることは不可能なのだから。何よりもまず、死にかけている人は大声で叫び、助けを求めるべきだ。そうして初めて、その叫び声を聞きながら救援を拒否した人間を裁判にかけ、有罪にすることができる。事態はそうだったろうか？　人間にとって、誰かが飢えで死にかけているのを放置することは、容易でどうでもよいことではない。これは真実である。たとえ多くの人たちが人間の心の無情さを説こうとも。たしかに人びとは、しばしば慈善の施しをすることを嫌い、不信の念を持っている。しかし常に、求める者には一切れのパンを喜んで与えるものだ。

死んだ人は道路工夫で、まさに貧窮状態だった。貧窮の道を歩む人は、地域の給食施設があったとしても、飢え死にしそうな空腹を抱え一片のパンを求めて人を呼ぶために、どこへ行くことができるだろうか。その人は労働者だった。たとえ金持ちたちの家のドアを叩くことを理由のない臆病さに妨げられたとしても、またたとえ無情な農家のドアが彼に対して開かれなかったとしても、その人は社会という自分の大きな家族を、労働者であり、彼と同じように貧しい人たちすべての仲間組織という形で持っていた。階級的に最も近いこれらの人たちさえ、その人のことを知らなかったとはどうしたことか、せめてその人が、最も身近で最も団結している人たちに助けを求めなかったとはどうしたことか、他の人たちのドアがすべてその人に対して閉ざされ、耳も貸さぬように見えるその時に、なぜ仲間たちのドアを叩かなかったのか、そして「わたしを助けてくれ、さもなければせめて助けを呼んでくれ！」と言わなかったのか。その人が死んだその道のどこかに、その小川の近くのどこかに、それほど遠くない所に居酒屋があり、そこには当地の仲間組織の溜り場があったことだろう。誰かが飢え死にしかけている場合には、最も貧しい人でも、常に一片のパンを余り物として与える。必要なのはただ、飢えている人が呼びかけることである。

長いことかけてドーナッ二つを平らげたということで、激しい自責の念にかられて自分を殺人者だと感じている若い男は、この小川からは非常に遠い所にいたし、まず何よりもちゃんと夕食をとっていなかったかもしれない。飢え死にした人の呼び声が聞こえなかったことで、若い男は自分を責める。だが、死んだ人は最も親しい人たちにさえ呼びかけなかった。

その人の事例は不思議で、奇妙で、内気すぎるほどである。その人には援助が与えられなかった。だが自分で何の助けも求めなかったのである。飢えで死にかけている人を小川沿いに探して歩かぬという理由で、人びとに罪と責任があるだろうか？　まず何よりも、飢えて死にかけている人たちは、ある種の信頼感を持つ義務がある。身近な人に対して呼びかければ助けてくれるだろう。路上で飢えのため死にかけている人は、まず何よりも、その道沿いに、その小川沿いに、人びとの援助を探し求めるべきだ。そしてもし、そのような援助を与えることが拒否されたなら、わたしたちはその時初めて告発され、「悲しいことだ」と言えるのだ。

死刑について

　共和国内で死刑が二回執行された。またそれによって、いろいろな雑誌に一つのテーマが投げかけられた。そのテーマに対して最も多く適用されているのは、もちろん、今日の社会主義の気分および精神から汲み取られる見方である。なぜならば、実際に今日支配的なこの気分に対して、死刑を印刷物の中で精力的に弁護するだけの勇気のある人はほとんどいないだろうから。そのような死刑を認める人は、いったい何のために疑われ告発されるのだろうか。それは、死刑に対する現在の意見を最もよく説明する、次のような引用文によって判断できる――

「死刑を廃止せよ！　死刑擁護論者はもちろん、社会は人を殺さねばならぬとさらに主張するだろう。その主張には論拠がなく、死刑執行人とその助手が身の安全を守れなくなる瞬間が来るのを目の前にして恐れおののいている。なぜなら、彼らは絞首台の陰に隠れて明らかに祝福された生活を送っている冷たい心の持ち主だからだ……」

「……一生の間死刑に反対してきた人たちが権力を持つようになった現在にもかかわらず、一ヵ月の間に二度も死刑が執行されたとは、彼らの大事な袋に穴があいているように思われる……」

「人間の野獣性が凱歌をあげた。また再び、人間の生命が誰かの思いのままに投げ出されている——共和国で処刑が行なわれたのだ——新聞は、市民たちの死刑執行の気分を高めるために、偏った意図的な論説を載せている……」

このように、これらの意見は非常に誇り高い調子で書かれている。なぜならば、死刑について言われているように、人間が人間を殺すことに抵抗するのは気高いことだから。書き手たちは自分たちが正しいと思い、自分たちが死刑に抗議せぬ人たちより立派なのだと感じている。それは理想主義的で情熱的である。しかし、にもかかわらず、わたしはそれらの論説(どんなものかについては、右の引用が十分に証言している)を読んだ時、デマゴギーと安っぽい感傷の、その強い印象を取り除くことができなかった。それは人にとって、いささか鼻につく不快な臭いのする何かである。人は別のやり方で、もっと修辞的でない言い方で、世界のことも自分の良心のことも、きちんと整理するものだ。

正直に誓うが、わたしは残酷な人間でも血に飢えているわけでもない。本当にそうではないし、あらゆる面で逆である。そしてまた、わたしは死刑の支持者ではないし、それどころか刑罰と死の支持者でもない。あらゆる悪は実際にわたしを悲しませるし、わたしの良心を痛ませる。そしてあるいは、それらの興味ある引用文の書き手たちよりも、わたし自身のほうがもっと感傷的かもしれない――しかしそれでもわたしは、死刑について何か個人を超えて正当な、理のある自然なものを感じていることを認める。それはおそらく、はっきりとはしないけれども、わたしが殺人とか虐殺の場合に感じる恐怖や抵抗とまったく同じくらい強いものだ。

死刑は社会による復讐だ、とわたしには思えない。この場合、「目には目を」「歯には歯を」の目や歯は、わたしにはまったく見えない。それらは復讐であって、日常の市民的または非市民的生活、居酒屋談義、政治的訴追、新聞に属する。死刑の場合には、社会による復讐をその行為に入り込ませてはならない。その行為の中には生命に対する大きな道徳的要請がある。それは人間的な、超人間的な、そして神の要請であって、その大きさはその厳格さによって示される。この要請の厳格さを、各人はその良心の中に持つべきである。それはひとえに、自分が人間としての存在を与えられたことに対する義務なのだ。なぜなら人間となることによって、すでに権利とともに義務をも自分に引き受けたのだから。その義務を果たすことは、人間としての誠実性と、個人であることとの保証の問題である。人間にとって、生きていくことはおそろしく困難できびしいものだと、わたしにはよくわかっている。しかしその限りにおいて、この上なく惨めな人間でさえも、最も残酷な瞬間に自分の生命によって自身を保証するような、ちゃんとした男でなければならない。

もし人間が、自分の行なう一般的な善行を自分の生命で保証する能力があるならば、反対の場合にも保証できるに違いない。自分の行為に対する保証として、自分の生命を与えることを徳義的になし得るなら、その男はちゃんとした男である。実際にあらゆる要求を伴う生活そのものの中に、わたしたちすべてにとって常に一つの危険がある。すなわち、わたしたちの仕事のために、時にはわたしたちの生命さえ差し出すことだ。新しい思想の主唱者になっている人物は、他人に理解されなかったり、飢え死にするかもしれない、という危険がある。ちゃんとした労働者は誰でも、自分の生命を危険にさらしている。鉱山であろうが工場であろうが、森の中であろうが。医者も化学者も、消防士たち、警備員たち、秩序と公安の守り手たちも、自分の生命を危険にさらしている。わたしたちの中の誰もが兵士となり、家族、祖国、そして国家の安全を、自分の生命で保証することがあり得る。兵士たちは敵を殺すが、自分たちが殺されるかもしれない危険も伴っている。わたしたちの信念も、わたしたちに危険を課す――つまり、バリケードのこちら側にせよあちら側にせよ、その信念のために、場合によっては壁に向かって立たされ、処刑されるだろう。そこでわたしは言いたいのだが、男たちの生命は財産であって、男たちはその生命で、誠実に崇高な瞬間に支払いをする。自分の勇気と力に対して、自分の信念に対して、自分のよき奉仕に対して、男たちは自分の生命で支払いをする。それは非常に誠実で道徳的で、気高いものであり、死刑反対論者でさえもそう認めている。

それでなぜ、遂行される悪に対する保証がその男から奪われるべきなのか、わたしにはわからない。実際に、私欲のためにせよ理想のためにせよ、誰かが戦争の時にスパイになったり、または革命の時に反革命運動家になったりするなら、その仕事のために生命を投げ出しているということを意識しながら行動しているのだ。まさに殺人者が、自分の犯罪遂行の時に、なぜ生命をかけての責任を感じないでいられるか、わたしにはわからない。そのような行為に対して賭けられ得るものとして、悪の尺度がよりはっきりと対応して測定され評価される基準として、生命ほど本質的なものは存在しない。実際に、ここで問題になっているのは刑罰とか復讐ではなく、道徳的な責任のバランスなのだ。その責任は、武器を持たぬ無辜《むこ》の人を殺す男の場合、あらゆる疑いを超越して非常に重く大きいものである。その男がいかに悲惨であり、精神的に欠陥があり、そして戦争のために狂暴になっていたとしても、その責任は大きくかつきびしいものであり、またそうでなければならない。たとえば、殺人者が自分のしたことに対して生命を賭けるのは望まない、とする。もし望まないとしたら、それはその人の道徳的欠陥が大きいことを示す。そして判決は、そのことについて当人に問いただきないのが正当である。なぜなら、問いたださなくても、その人の道徳性が罪の支払いをするようにという判決を受けるからである。

法も判決も、非個人的なものである。それが語るのは、ただ道徳性と責任性の一般的要請である。しかしながらうまくないのは、その執行が人間によって行なわれることだ。この面で、法も判決も痛ましくも不完全である。だが、そのために悪いということはない。たしかに、それ自体の不完全性はある――結局、人間のすることすべてがそうであるように。

戦争と社会崩壊において、人間の生命は大きな価値を持たない。その価値は、平和と秩序に比例して上昇する。その時、人間社会はそれぞれの人間の生命が、遠く離れて孤独なものさえも、眠っていても仕事をしていても、平穏と秩序を信じて無防備の状態で、安全であるようにと望んでいる。ここでたしかに見られるのは、これらの生命を守ることを社会から委託されている人たちが、そのために自分の生命を投げ出していることだ。生命の価値は、それほどに高いのである。

コリーンスキーの殺人事件の際、死刑廃止を叫んだ人たちに、そして、非常に過激な思想に頼りながらも、生命という重大なものに対する、市民としての男らしく決然とした責任感にはめったに逢えぬわが国で、現在普通になっているような意見をしばしば述べた人たちに、まさに彼の一件を嘆き悲しんだ人たちに対して、コリーンスキー自身が非常に重大な答えを与えた。人びとが彼を元気づけた時、彼はこう言った――このほうがいいんだ。

彼が言ったこの言葉を思い出して欲しい。そうすれば、殺人者のかなたに、生命の担保の提供を望む、あの男らしい道徳的責任の輝きが見えるだろう。彼はその責任を果たした。生きて獄中にあったなら、彼は恥ずべき人間の屑、恥ずべき日陰者、けだもののような人殺しになるだろう。バランスをとるべきだ、と彼は理解していた。そして彼の死刑は、男としてのバランスのとり方だった。刑罰や牢獄ではなく、人生をちゃんと構成するために、それは最も人間的な黙従の行為となったのである。

人間の多様性について

神様は慎重にお考えになって人類をさまざまな身分や階層にお分けになり、いろいろな相違があるように、そして人びとがこれらの相違があっても、お互いに助け合うようになさった。

それぞれの身分は、それ自身の貴重な長所と並んで、それぞれの危険性も持っている。鍛冶屋は顔が汚れてしまい、騎手は落馬する可能性があるし、ミルク屋は手をすべらせてあたりを水びたしの状態にし、肉屋はやせた牝牛を殺し、料理女はやけどをし、聖職者は肉体的に完全に死んだも同然になるし、議員さんは自動車からころがり出るなどなど、無限である。なぜなら身分は数多くあり、危険には終りがないからだ。

それについて、わたしは『千夜一夜物語』全四巻を通読し不思議に思ったことがある。それはこの上なくさまざまな冒険の中に、しばしば商人の身分が登場することだった。そこに描かれているのは、商人という身分の利点のすべて（たとえば商人たちの莫大な富とか、妖精とも王女とも結婚するような、商人の息子たちの特別なすばらしさ）ばかりでなく、この身分の不利な点、たとえば海上で嵐がしばしば起こり、貿易のために船に積んでいた高価な品物のすべてが、または商人が売った高価な品物の代償として楽しみに家へ持って帰ろうとしていた高価な宝石類が、難破のために海の藻屑と消えてしまうことである。または同様にしばしば、商人は盗賊に襲われ、もはや何も売る物がなくなるほど完全に丸裸にされることだ。商売人という身分には危険がいろいろあるが、この身分にはもちろんすでに述べたように、楽しい面も利点もある。それらを代償として、商人たちは自分の危険や心配と適当に交換しているのだ。

だが『千夜一夜物語』の中には、もちろんこんな話、すなわち七週間の間にわが国だけでも一万七百二十一回、高利貸に関する事件が起こった、という話はない。しかし、これは現実にそのとおりで、ここに述べられた件数の多さから明らかなのは、高利貸が商人の身分にとってとてつもなく危険であること、商人たちがこの危険から身を守るのはとても困難であろうことである。

坑夫の身分については、それが非常に危険な職業だといわれている。しかし、わずか七週間の間に、一万七百二十一件の坑夫の事故が起こるというような記事をお読みになったことがあるだろうか？　ここからわかるのは、商売というのは自己犠牲的な職業で、この道に身を捧げる人は勇敢な思想と堅固な精神を持たねばならず、負傷や障害を恐れず、ひるむことなく自分の目標に向かって進むべきだということだ。

現実が証明するように、この身分がいかに強固なものか――このようなあらゆる危険にもかかわらず、商人は自分の職業を棄てず、忠実に恐れずそれに立ち向かう。たとえ不幸な環境と連れ立つ好ましからざる運命によって、時にその活動を放棄するよう強制されたとしても。

歴史がそのような身分からの脱走の例を記録しているのは、ただ一つである。その場合、商人の身分を拒否した裏切者は、まったく立派な職業に身を投じたが、あまりにも非実際的なので、周囲全体から狂人と思われたほどである。

その人物とは、アッシジの聖フランチェスコ〔一一八一または八二―一二二六〕であった。記録者聖ボナヴェントゥラ〔一二二一―七四〕は聖フランチェスコについてこんなことを語っている――ある程度の学問的知識を得ると、利益の大きい商人の職業についてはいたが肉体的安逸を追わず、貪欲な商人仲間の内にありながら、金や財宝を望もうとしなかった。若きフランチェスコの心の中には、貧しき者への深い憐れみの気持ちが、神の心中におけるごとく植えつけられていたのだ。この未熟な商人が、間もなく父親の商品についてその代金の不正使用をするまでになったのは、不思議なことではない。それはフォリノの町だったが、その町で父親の財産である織物とそれを積んで来た馬を売り払い、不当に得たその金をみすぼらしい教会の僧に建物の修復に当てるよう提供して使い果たした。父親はもちろん彼を、「初めは言葉で、後には鞭で打ち、果ては枷に縛りつけた」。残念ながらそれは無益だった。若者はもはやどのような仕事にもつこうとせず、ついにはちゃんとした衣服さえ身につけぬ聖人になったのである。

聖フランチェスコは生涯、なかば裸のままで歩き回り、しばしば口に入れる物もなく、多くの悩み事に囲まれ、あまり尊敬も受けぬように思われた。というのは、人びとは彼を嘲笑し、彼はついには寝床代わりのわらの上で死んだからである。そんな目にあった理由は、彼が商人の身分を軽蔑し、聖なる誓いに身を捧げたゆえだった。

財宝を守る蛇

周知のごとく、大金持ちはしばしば、自分の財産のことで大いに悩まされる。そのためこの問題に対しては、一般庶民の関心だけでなく同情さえもが寄せられる。それは二つの面でとても困難なことだからだ。一定の工夫と苦労が、二つの場合について求められる――そんなに大きな財産をいかにして使い果たすか、またはいかにして保管するか。これは難問であり解かれるべき課題であって、これらの満足な解決のためには、かなりの発明工夫能力、空想力、熟慮、そしてその他のありとあらゆる精神力が常に要求されるのだ。

特に財産の防御と安全な保管に関しては、この努力を財宝と黄金を狙う謀略や攻撃に対して向けておかねばならない。たしかにいかなる金庫も、いかに専売特許品であろうとも、専門的な泥棒たちの狡猾さと巧妙さにかかっては結局かなわない。この連中は、金庫の鋼鉄の固さと征服不可能性ばかりでなく、その周囲に張りめぐらされた銃弾発射、電気、写真や信号などの防御装置にさえも正面から挑む能力があるのだ。

そこで、征服不可能な金庫の運命は、一般大衆の旺盛な関心の的となる。黄金の財宝と金庫を持たざる人たちは、俗っぽい興味と驚嘆とスリルを感じながら、勝利と敗北を伝える戦況報告やニュースを新聞の中に探し求める。この戦いは、「難攻不落」の金庫の持ち主たちと、それらを攻撃する盗賊軍団との間に展開されるものだ。そんなニュースを読むことは、非戦闘員として銃後にあり、戦場からのニュースを求めていた一般市民にとってと同じように俗っぽい興奮を呼ぶ。征服された金庫の要塞の多さは、攻撃者である泥棒たちの不屈の努力を証明し、敵味方の双方において開発された巧みな戦略は、この戦いを離れた位置で下から見守っているすべての人間に、尊敬に満ちた驚きと畏敬の念を呼び起こす。

そんなわけで、イギリスの新聞に伝えられた最新のニュースは、この上ないスリルをもって受け取らざるを得ない。狙われた「難攻不落」の金庫の持ち主たちは、発明工夫の才を発揮して、泥棒たちに対する特殊なトリックを考え出した。それは、準備不足の攻撃者に、実際思いがけぬ敗北を与え得るものである。「難攻不落」の金庫の中にその財宝を隠した持ち主たちは、金庫の中に狙われた自分たちの黄金に加えて、適当な大きさの蛇、少なくとも体長三メートルの大蛇を閉じ込めることを思いついたという。その蛇は財宝の上にとぐろを巻き、何事もないかのように物を食べ眠っている。だが、先見の明のない泥棒に自分の平和を乱される時は別だ。泥棒は金庫を開けるために、ありとあらゆる困難で専門的な、やらずもがなの仕事をした後で、最後には不名誉にも逃走する破目になる。黄金の上でとぐろを巻いた大蛇が鎌首をもたげ、シューシュー音を立てながら大きな口をあける。その口からは、十分に食べ物が与えられているなら、いいですか、ぞっとするような悪臭が発せられる。金庫の中からぬっと、黄金とダイヤモンドの発するきらめきによって魔法のように光り輝く蛇が、恐ろしい姿で立ちあがる。それらの財宝の守護者によってそんな結果がもたらされた。古い言い伝えがここに思いがけなく復活する。隠された財宝の上に、手を出せぬようとぐろを巻いているのは蛇なのだ。大蛇のためのコストはそう大きくない。ただ食べ物をやることと、金庫の中で呼吸ができるようにいくつか穴をあけてやればそれでよい、とのことである。

もちろん、ここで俗っぽい考えがどうしても生じてくる。つまり、泥棒たちはすぐに守護者である蛇に対して、息抜きの穴から毒ガスを吹き込むことを思いつくだろう。しかし、もはやどのようであろうとも、はるか昔から何となく明らかなことに大量の黄金と蛇とは互いに相性がいいのである。黄金と宝石の山の上には、それらの財宝の輝きを浴びてぬくぬくと蛇が寝そべっているのが常だった。その輝きは所有者の輝きで、それによって強欲な人間の煩悩が眩惑されてしまう。

現代的な環境では、この伝説的な生き物の話がいちじるしく多くなりつつある。古いお伽話や言い伝えが再び復活し、多くのエピソードのあざやかな主題が姿を現す。そんなお話を、子供も大人も、暇な日曜日とか冬の夜長の寄合いで聞くことができる。そこでは年寄たちがいろいろなことを物語る――昔のこと、物が安かったこと、それに引きかえて今どきのこと、物が高いことなどを。

そしてその場で、まざまざと神経を興奮させるような語り口で、謎の泥棒についての物語が呼び起こされる――その泥棒は天才的な専門的手段を用いて銀行家Zの金庫を破ったが、黄金の山を前にして蛇の餌食となり、悲惨な死を遂げた。朝になって、何も知らずに銀行家がやって来て泥棒の死体に気がつき、おびえて叫び声をあげショックのあまり目を閉じる。泥棒は銀行家の非嫡出子、または少壮の学究、または植物学者、または芸術家、または天文学者など、まったく異なる経歴を約束されるように思われた男だった。――またはその反対にプロの作家のペンによって書かれたすばらしい物語では、宝への門は、本当の王子様か少なくとも貴族の若君を前にして、まったく自発的に開き、恐ろしい爬虫類の動物は銀行家の足におとなしく巻き付く。銀行家は実はやさしい魔法使いで、まことにお伽話的なこの場面を感慨深く眺めている。そのわけは、こんな風にして、とりわけ美しく立派な騎士の義理の父親に自分がなるのだ、と考えて喜んでいるからだ。――またはここにも道徳的な性格の物語が提示される。それは守銭奴の金貸しの話で、自分の財宝を蛇に見張らせたが、その黄金の山のかたわらで蛇は憐れにも死んでしまった。ケチなことに、怒れる大蛇に二カ月も何も食べさせなかったのである。――いや、蛇についてこんな教訓的寓話を考えることもできる。自分の排泄物で札束を汚したということで主人に叱られた蛇は、腹を立てて泥棒の肩を持ちその協力者になる。泥棒が金庫を空っぽにするのを手助けし、泥棒と一緒に窓から抜け出して、空っぽになった金庫の中には、ただの一文の価値もない自分の糞だけを残しておいた。全財産を盗まれた銀行家は、もちろんその場で気が狂ってしまう。残された蛇の糞を見て、この上なく美しい黄金の山だと思い、自分自身を蛇だと考え始める。そして、その財宝の見張りをするために、ぽっかり空いた金庫の中に這い込んでとぐろを巻く。やがて家族がやって来ると、何と恐ろしい光景だろう！　金庫の中から恐ろしい勢いで蛇のようにシューシュー音を立てて向かって来るのは、以前にはあんなに優雅で世故にたけた夫、とりわけやさしく寛大だった父親なのだ！

または――いや、もう言わないほうがよい！　そんな金庫を持たぬわたしたちが、蛇についてのぞっとするような夢を見たとて、いったい何になるだろうか？

平凡であること

わが共和国が平凡でない国だった時代は、もはや完全に過ぎ去ったように思われる。

徐々に、それゆえ気がつかぬうちに。そしてこんなに特別な例が長いこと表《おもて》に出なかったなら、それを思い出すこともなかったろう。その例が示すのは、わたしたちの領土内に、現在でも何人かの注意すべき外国人が住んでいることだ。長い間何も起こっていなかったのだが、その間に、まったくアメリカ人ではないアメリカ人が、同様に実際にはこの国の国籍を持たぬユダヤ人の実業家に執拗にたかっていたこと〔実際にあったことか。不詳〕をわたしたちは知るようになる。そのことは裁判沙汰になっており、新聞はそのことを報道し、わたしたちは互いにこう言い合う――「ほら、いつも何かが起こってる、まだ完全に平々凡々の時代じゃないんだな！」。とはいえ、以前よりずっと平凡で日常的なものになりつつあることは十分に心得ている。

革命〔チェコスロヴァキア共和国の独立を指す〕後と共和国の初期には、かなり異なっていた。今日ではもはやほとんど思い出すことはないが、その当時わが国は不思議な、それまで未知・未調査で、未利用の領域だった。外国人たちは、七月の盛りにここへ乗り込む時でも毛皮のコートを着込み、重いカービン銃で武装していた。ここには大草原と氷河があり、狼と北極熊がいると考えていたのだ。外国人たちの一部は、わが国のフォークロアの宣伝活動《プロパガンダ》のおかげで、得体の知れぬ民俗誌的な出し物を期待した——刺青《いれずみ》とか、成人になろうとする若者や娘たちの割礼、弓矢を持つ男、異教的な踊りと祭礼、そしてどこか山の中でまだ行なわれている秘めたる食人の習慣など。何とここへやって来たのは、ありとあらゆるアメリカ人たちで、品のある人、品のない人、正直な人やいんちきな人、それぞれが品のある考えや品のない考え、正直な考えやいんちきな考えを持っていた。この地はひどく貧しく、戦争がわたしたちをひどく打ちのめし、認めざるを得ないが、この地でさまざまな福祉伝道国が慈善的・文明開化的行動を行なう機会が十分にあった。だがまた、ここにはまったく新規の共和国、平凡でないそしてこれまで手つかずの国があった。この国については、豊かな自然資源が野蛮な原住民によってこれまで発見されておらず、それゆえ好結果が期待できる急速な開発に値するであろう宝物があると考えられた。新国家について有望なさまざまなことが想像できた——与えられるものは何でも、がつがつとむさぼり身にまとう飢えた住民。そして政情不安な国が想像できた――今日は民主共和国、そして明日は君主国になるかもしれない、それも混乱と内戦の結果、そうなる可能性がある。この国には堕落した政府があって、さまざまな取引きや商売、輸出や輸入、民衆の貧窮、愚かしさや不誠実さ、新しい諸条件など、あらゆる機会を利用して投機を行なう十分な可能性があるだろう、と考えるのは楽しいことだった。新しい国家には、冷酷な無秩序、巨大な腐敗、そして濁った水の中でふんだんに魚を獲る機会があるだろうという期待を抱くことができた。それはありとあらゆる事業、海の向こうの理性と機知の優越性、新しい方法とトリック、その他さまざまな適切な仕事のために非常に有望な土地についての夢を見させた。多くの外国人がやって来てわたしたちにそのことを示し、そこでわたしたちはさまざまなことを見た。

しかしその国は、最初の見かけよりも平凡だった。初めのうちはある程度うまくいったが、それほど多くのことはできなかった。ここには黄金郷《エルドラド》もオペレッタ風の滑稽な共和国も、それまで未知のペンシルヴェニア州やモンゴル国のようなものも存在しないことがわかった。諸条件は事態が進むにつれ、ますます平凡で日常的なものになりはじめた。機会は少なく困難は多い。諸条件は非常にきびしくなって、この国以外のほとんどどこへ行っても、もっと多くのことがやれるほどだった。そこで、注意すべき外国人の数は、徐々にではあるが目に見えて少なくなった。ありがたくない土地は、ゆっくりと見棄てられていった。それほどの、最初有望と思われたほどの成果は得られないこと、大儲けができるように植民地化することは容易ではないことがわかりはじめたからである。この国はあまりにも平凡なので、東でも西でもどこへ行こうが、ここよりもっと平凡でない国があるのだ。大儲けを狙う人にとっては、この国はどうしようもない。この国で手っとり早い稼ぎに利用できる唯一の自然資源は、民衆の愚かしさだけだが、それとてまったく終りがないわけではない。よそへ行けば、ウシカモシカや毛皮の猟場、金とダイヤモンドの谷、牡蠣や酢漬け鰊や鯨油の漁場、または糞化石《グアノ》の山、または農場があり、そこでは大規模にバナナを栽培したり、蜂鳥や薬用虫のツチハンミョウを飼育したりすることができる。

　それらの事業はいつかは儲けになるだろう。そして、そこでの機会は小さくて平凡なものから始まる。やがてそこに、わが国の人たちも行くことができ、平凡さを植民地化するように、小さなものからまた小さなものを作り出しながら生活するように、自分の教訓を伝えることになる。それはいつかは、工夫と辛抱とエネルギーを与えるに値するものになる。それだけの力を、きっとあの外国人たちは持っていなかったのだ。だから失望して、このあまりにも平凡な国を、徐々に見放してしまったのである。

民族的情念《パトス》

当地に一人のアメリカ在住の女性がやって来た。いや実際には、もうチェコ系アメリカ人と言ったほうがよい。なぜならこの女性についてのすべてが、もはや純粋にアメリカ的だから。アメリカ的なのは彼女の考え方と表現の仕方、その他もろもろとの関係で、そればかりか決定的とか当然だとかのジェスチャーや体の動きもそうで、さらにアメリカ的なのは、とてもきれいに保たれ手入れされた歯である。要するにこのことは、アメリカ人およびアメリカ居住のわれわれの同胞たちに対し、すでに抱いているあの印象を呼び起こす。すなわち、アメリカにはその点でわれわれよりもすぐれた人たちがいること、アメリカでは人びとが豊かな生活をしていること、そしてアメリカの人たちは当地のわれわれよりももっと健康的でいきいきと活動的だということである。こんな上出来のアメリカ的な見本と並ぶと、わが国の人は、まるで自分がモグラか何かみたいに感じる。

　さてこの同胞女性は、アメリカにおいて立派で知的な生活を手に入れ、新しい生活形態によく適応してすばらしく思えるが、精力的で豊かに活動しながらも、同時にチェコの女性であることを確信している。彼女が久しぶりに祖国にやって来たのは、もう長いこと離れていたし、完全に自由を得た民族の再生〔第一次大戦後のチェコスロヴァキア共和国の成立〕を楽しむためだった。プラハは昔ながらのその魅力で改めて彼女を感動させたが、彼女を非常に驚かせたのは、この都がいかに堂々とし、いかに大きいかだった。たしかに摩天楼の林立する大都会ではないが、社会的な諸機関が急速に発展し、それらにははっきりと目に見えて、新しくより拡大された生活条件の勢いと影響が現れている。もはやただのあの古き母なるプラハではない。というのもこの都の百塔に、さらに百塔がつけ加えられたから。すなわち省庁、銀行、議会、役所、出版社、印刷所、デパート、民家、カフェ、株式会社、それに組合、連盟、協会、そして政党書記局。こんなブームがすぐにアメリカ系チェコ人の目につかないことがあろうか！　わずか二十年ばかり前を思い起こして欲しい。

「その後でわたしを一番驚かせたのは」とアメリカに移住した女性は続けた。「それは――そう、どう言ったらいいかしら――ここでは悪口が飛び交っていることよ」

「何を今さら、プラハの人間はひどく口が悪いんだよ」

「そのことを言っているんじゃないの、そのことは知ってるわ、だけどここでは何にでもどこでも悪口を言ってるわ。そんなにも不満が――」

「ふむ、そうだな、つまり――チェコ人には悪口が必要なんだ。たぶん間違いなくましなやり方で時間を潰すためだ。なぜ居酒屋で真夜中までしゃべりたがるんだろう？　退屈しのぎだろうね」

「退屈だから？　ほかに不満があるから？　でも――悪口を言う時は――とても恐ろしいわ。本当に――恐ろしいわ！　まるでここには、良いこと、純粋なことが何にもないみたい。どこにも何にも。共和国と新しい情勢に大いに助けられた人たちまでも、悪口を言ってる――わかる？　ここは本当にそんなに悪いの？　わたしにはそう思えないわ。でも実際に恐ろしいの、ぞっとするくらい――」

「いやそんなに悪くはないよ！　何でここがそんなに悪いものか？　それはただ、われわれの所では、うんと悪口を言わなきゃ気がすまない、という気質があるからだ。そんな――そう、そのような――そう、ともかくそんな民族的情念《パトス》なんだ、わかる？　チェコ人にはたぶんそれが必要なんだ」

「妙な必要ね。わたしにはわからないわ。それから意外なことに、ここにはとても不機嫌な人たちが大勢いるのね。ある劇場へ行ってみたの、そこではお笑い劇を上演していて、とてもおもしろいジョークとコメディアンたちが——でも誰も笑わなかった。そこではあんなジョークが語られて、わかるでしょう、とてもユーモアたっぷりなの。でも誰も笑わなかった。ここにはユーモアがこんなにあるのに、ここでは誰も笑わないの！　わたしたちのアメリカでは、馬鹿馬鹿しいことがあるたびにすぐに笑うの。ここほどユーモアは多くないのに。アメリカのわたしたちは笑うことが好きなの」

「われわれの所でも時には笑ってる人たちが見られるよ。笑うのを絶えず罵るには、たぶん時間が足りないんだろうね」

「でも、実際ここにはこんなにユーモアがあるのに！　ほかの所にはないことよ。この国では戦争中も、チェコスロヴァキア軍団〔第一次大戦中、ロシア軍の捕虜となったチェコ人とスロヴァキア人によって編制され、ドイツ軍やロシア革命軍と戦った軍団。日本を含む連合国のシベリア出兵のきっかけともなった〕でも、どんなユーモアがあったか聞いたわ。わたしがどれほど笑ったことか！　実際ここではみんながいつもジョークを飛ばしているのに、それをまったく笑わないんだから。このプラハでだけでも、おもしろいたとえ話や比喩、警句や名言をいろいろ聞いたわ！　たった二人で話していても、もうジョークを飛ばしてる。でもまったく笑い合わない。こんなにユーモアがあるのに！　電車で二人の車掌が話してるのを聞いて、恥ずかしくなるほど笑わなきゃならなかった。別の時に家の前で下水溝を掘ってる労働者たちが、どんな冗談を言っているか聞いたこともあるわ。そんなにユーモアがあるのに！　それから別の所でも——」

「ああそうだよ、あなた、そのとおりだ！　そして、その冗談がどんなになまなましくて強烈で、また微妙なことか！　説明してあげよう——まさにわたしが聞いたことだが、ある知人がそれを書いているよ、運転手たちがどんな会話をしていたか——」

「本当に、ここにはすごくたくさんユーモアがあるわ。こんな活発なユーモアの泉があって、絶えず新しい水が流れ出ているのに、そばにいながらみんな笑わないんだ。この上なくおかしな行儀の悪いことを言い合ってお互いに相手をやっつけようとしながら、笑いはしないの」

「おそらく、笑いでもしようものなら、それは本物じゃない、害になると考えてるんだ。自分のユーモアにさえ動かされないってことを見せつけたいんだ。ということは——そう、それも民族的情念《パトス》のようなものだ、わかる？」

「わからないわ。長いことここには居なかったから——わたしたちのアメリカでは——わたしは、その民族的情念《パトス》はそれとは違うものだと思ってた、と言いたいわ。少なくとも、悪口はもっと少なく、笑いはもっと多いと。それは与えられた現実に、もっと客観的に対応するんじゃないかとわたしには思えるの、そう思わない？　さもなければ、わたしが国外にいるのが長すぎたのか、もうよくわからない。本当にこのことは、はっきり言えないわ」

進歩とキャンディ

「エッセイを書いてくれないか、九月号に必要なんだ」と言われている。今はまさに七月で、暑くてひたすら汗ばかり流れている。たぶん嵐の前なのだろう。池に入って体を洗えたらどんなにいいことか。何にも考えられやしない。

無益と知りながら、まだいささか新鮮な最近見知ったことや経験したことをまとめ、驚いたり熱中したり、魅惑されたりしたことで、エッセイの種となりそうなものをさがす。無益と知りながら、新しいこれからのものを求める。ひげも生えぬ青二才的情熱を掻き立てるような文句とか、そんな未来のすばらしさは絶対にやって来ないというような、むさ苦しくひげを生やしたわけ知り気な懐疑とかのために、精神的エネルギーを集中しようと努力する。この暑い日に、わたしたちにはこの後何があるのか？　もし未来において、造形芸術は映画化されたり写真化されたりするだけだとしたら、そして芸術家の両手は、イギリス風のパイプにタバコを詰めたり、ウイスキーとソーダ水を掻き混ぜたりする以外には、もはや手仕事を何もしなくなるとしたら？　この暑い瞬間に、わたしたちにはこの後何があるのか？　芸術産業、蠟染め芸術、装飾芸術の未来は何と悪しく、結果を生まぬことか？　などなど。この瞬間に、ちょっぴり雨が降ってくれればいいのに。他の人たちはエッセイを書いたり読んだりしたいだろうが、わたしはそんなことをせずに済ませたい。というのは、もう明らかだが、何について書いたらよいのかわからないのだ！　価値の目盛り盤は猛暑のために灰色にぼやけてからからになり、そこからは乾いた強い赤熱光が放射され、すべてがそれから逃れて、影の中に身を潜めるほどである。

＊

この時代、すべてが（政治的、社会的、または文化的な、いかなる事件であろうが）目につくほどの冷淡さで受け取られるこの時代に、わたしたちにある特別な情報がもたらされた。それは実際には、まったく何の考慮にも値しないものだ。しかしながら、それだけに奇妙に思えるのは、このまったく何の考慮にも値しないほど安易で当然な事実について、これまで公然と述べた人が誰もいないことである。

わたしが言うのは、要するに、さまざまなキャンディの消費の増大である。それは、わたしたちの若かりし頃(ありがたいことに、まだそれほど昔ではないが)にくらべて、驚くほどだ。今日、ありとあらゆるキャンディがいかに多量に生産されていることか、そしてそれらがまたすべて消費されているのだ。これらのさまざまな発明工夫と新しいニュアンス、誘惑的な色どり豊かな包装とすばらしい銀紙、そのさまざまなスタイル、形態と名称は何としたものか! 過ぎ去った原始的なわたしたちの若かりし頃、人類はこの方面では、わずかに縁日菓子の何種類かの詰め合わせ以上は完成させておらず、そんなものが好きなのは娘たちと子供たちだけだった。それが今日では、見るからに精悍な顔つきの若い男までが、ナッツ入りのチョコレートをかじったり、さまざまなエスキモー印アイスやモカのアイスのおかわりまでしているのを見かける。それは誰にもどうしようもないことだ。

これらの、すでに軍隊の飯を食ったことがあるほど大人になっている若者たちを非難する者は誰もいないし、そんなキャンディの代わりに鉄砲を手に持て、などと言う人もいない。それどころではない。今日この光景は、非難したくなるような苦々しさを引き起こすのではなく、食欲を呼びさますのみである。そして観察者も、その光景から視線を戻し我慢できずに、どこでそのキャンディを自分も買えるだろうかと、きょろきょろ見回すだけだ。
娘さんたちや子供たちについては、言うまでもない。現代ほどこんなに多量のキャンディ産業の発明品を口にした時代はなかっただろう。キャンディ工場の株主の多くは、今日の恋人たちがこんなにもたくさん甘い物を食べるおかげでよい暮らしをしている。今どきの恋人たちが、レーズン入りやアーモンド入りのチョコレートなしでいることはほとんど考えられない。

ここで言うまでもないのは、これらのキャンディがたまたま、まるでついでのように食べられていること、さらにポスターや広告にでかでかと宣伝され、新しい名前で登場したものを味わってみようと、物めずらしさから食べられていることである。現代の企業的冒険の拡大は、ほとんど毎週、何か新しい特製品、新しいデザインとの組み合わせ、新しいおいしさと喜び、甘い物への広い需要にこたえるであろう新しい最善のものを、わたしたちにもたらしている。それは言葉の真正な意味において——普通はただ象徴的にしか言われていないのだが——生産と消費の一定部門の文字どおりの開花である。つまり現代のキャンディは、わたしたちの周囲のあらゆる場所であらゆる色と輝きの花を咲かせている。

どうしてそうなるのか？　わたしたちも、チョコレートとボンボンの消費量増大の原因について尋ねてみよう。わたしたちは、古い時代には知らなかった甘い物好きの若い世代を告発するつもりはないし、この現象の経済的（または非経済的）原因を分析したり、砕けたナッツやレモンの皮と組み合わされたチョコレートの特別な栄養学的価値やビタミン各種について考えることもしない。

チョコレートキャンディの消費の増大が、さまざまな原因によって生活の中に引き起こされたとするなら、ここではきっと、現代生活の二つの非常に重要な要素が、その中で少なからず本質的なものになっている。その二つとは、映画とスポーツの試合である。この二つの慣習は、キャンディの消費と、現代生活の特徴となっているその消費の増大と激化に著しく貢献した。間違いなくもっとよくそれを垣間見ることができるのは、観客が、目で見て楽しむことのすべてに加えて、さらに口の中に一片のチョコレートを入れている時である。そこで、間違いなく次のように言うことができる——そうなったのは、単にこの部門での国内生産物の質がよかったからだ。わが国にはチューインガムの土壌は得られなかったが、もし事情が違えば、チューインガムがグラウンドや映画館を強力に支配していたことだろう。

さてそこで、キャンディの消費に本質的な影響を与えたのは、映画とスポーツのショーだった。ここでこの現代の成果は、もう一つの現代の成果に手をさしのべる。もう一つの成果はさらに興味深く意味あるものだ。それは――チョコレートをかじる時に思い出してもらいたいのだが――教会の優越性の消失である。なぜなら昔、教会が支配的だった時代に、キャンディの消費増大に縁日という形で貢献したのは教会だったから。優越性は世俗の手に移ったのである。今日、優越性は映画館、グラウンド、そしてスタジアムにあり、さらにそれに毎日何かが加わっている。もはや不思議ではないが、キャンディは未曾有の勢いでかじられ食べられており、この分野でも教会は、現代文明の手により恐ろしい勢いで回復不可能なまでに痛めつけられている。

大きなミミズ

世界各地にある岩穴の住居、ブルノ北部のモラヴィア・カルスト地帯の洞窟、スペインのセビリャ近くの岩場にあるジプシーの穴居、インドの岩窟寺院、アメリカ大陸のプエブロ・インディアンの住宅——そのすべては、人間と岩石との特別な共存関係とともに、人間がいかにミミズに似ているかを示す。ミミズは自分の小さな穴と通路を穿ち、その中に住み、その中へ生活を持ち込む。ちょうど電気が電線を伝わり、水がパイプを通じて流れるように。ミミズについて、ごみやチーズから生まれてきたと言い伝えられているのと同様に、人間も土から作り出されて、その生存を初めから終りまで土の中を穿つことに頼っている。自らを守るために岩に穴を穿ち、その中に自分のすべてを押し込み、自分の生まれた土で建設した家や町の穴や通路の中で身を守り、食べ、そして身を寄せ合っている。

この地中の通路や穴の中に居住する必要があるという点で、人間はとてもよくミミズに似ている。ついでながら人間は、自分のパンやチーズをミミズと分け合っている。肉も衣服も、いや自分の体さえもそうだ。ミミズが人間と本質的に異なっているのは、ミミズがすでに出来上がっているものの中に入り込むことを最も好むということと、全力をあげて穴をあけているその物質が、ミミズにとってただ家であるばかりか、同時に食べ物でもあるということだ。人間はもっと建設的な考え方をすることで特徴づけられ、自分たちの群居のために穴だらけの物質を人工的に作り出し、昔は何もなかったむき出しの河岸や丘の上や岬に、自分たちの大都会を建設している。

人間の住居、街路、大都会は、その岩石の集まりによって地球の最も岩の多い地帯に匹敵する。人間の生活は、かつて岩穴の中で始まった。そしておそらく、未来の大都市の広大な人工の岩場の中で終わるだろう。人間の全存在には、すでにその初めから岩石の呪いがかかっている、と言えるかもしれない。

人間は岩石と土の中で生まれ死ぬ。岩石と土の中に人間の揺りかごと墓場がある。そしてその両者の間に、小さな個室と狭い通路と町の街路で費やされる全人生がある。もしも、岩の中に穿たれた小さな空間である原始的な岩穴住居が、木材やチーズの中にもぐり込んだミミズの住処《すみか》を連想させるとしたら、大都会は、まさに無数のクレヴァスの中に集まり、無数の狭い通路の中を流れ、慢性的な痙攣を繰り返しているミミズたちの、もっとなまなましい図で成り立っている。すべての建築は、たしかにさまざまな物質を定置して自然に追加することなのだが、それでも、広大な賃貸住宅ブロックがあり、家々と大きな工場が連なる大都会は、全体として大きな岩石であると十分に見なすことができる。その中に交通機関が走り、やたらに十字路のある長い曲りくねった街路が貫通し、その中に無数の住宅の個室と狭い通路が穿たれているのだ。地下の通り抜け道、穴、地下道、クレヴァス、洞窟、そして地下蔵から成るミミズの迷宮。その中におびただしいミミズが集まっている。防御と攻撃のための狭い通路、避難所と隠れ家、獲物の倉庫、わたしたちが少しずつ移動して行く密集した通路網、わたしたちが鈍い頭をつき出す穴、より快適な脂っぽい食糧倉庫、そして閉じられたクレヴァス、その中には弱虫の失敗者たちがいて、ただうずくまって時を過ごしている。岩と土の大きな塊、それは何万ものミミズの力で掘られ穿たれており、その大きな穴だらけの物体の中で、良くも悪しくも生活が営まれている。

呪いによって岩石の中に封じ込められ、そこに居住し、そこで活動する人類。岩石とは人類出現の最初の朝から親しんでいた。人間の最初の仕事の際に、あらゆる金属に先立って、ただ石だけが手助けしてくれた。人間の最初の労働や最初の生存競争の中で、尖ったのも丸いのも、石が人間を助けてくれた。岩石の中に人間は隠れ、岩石の中で人間の子孫は成長した。そして、自らの中に火花と焔をも秘している石は、それ自身あらゆる創造物の中で最も固いものと最も冷たいものと暖炉の暖かさのすべてを人間に与え、人間を守り、援助し、奉仕してくれた。そして人間、石のミミズは、自分たちの神の像を石から作り出した。

三者は親縁関係にある――ミミズ、石、それに神。

III　技術と芸術

人造人間

人間の不完全さには、ほとほと苦しめられてきた！

古い人間とはおさらばして、ここに新しい人間を作ろうではないか！　これまでの人間はもともと出来が悪かったので、たとえ新しく手を加えようが、改良しようが改造しようが、いかに最善を尽くそうが、だめなのだ！　旧人類には多くの欠陥があったが、新人類はそんなものを持たぬようになり、世の中はずっと良くなるだろう！

悩める人類がこのような不安の叫びと希望を、詩、理論的なエッセイ、芸術的プログラム、さらに政治的毒舌の形で吐き出しているまさにその瞬間に、未来派〔一九〇九年イタリアで起こった伝統的な芸術を否定し機械美やスピ

ードを称讃する未来志向の芸術運動〕の何人かの指導者が署名した最新の宣言《マニフェスト》が世界中に朗々と響き渡った。たしかにこの宣言は、より良き人類に属するさまざまな人たちの間に、この上なく喜ばしい興奮を呼び起こす。現に常日頃、この人たちは自分と他人の不完全さに心底苦しみ、新人類によってそれを克服したいという熱望にさいなまれているのだ。ここで世界中に解放の言葉が発せられた――すなわち、人間は自分の進化・向上の路線上で、機械類にさらに接近し、さらに似せられるべきである。機械類は今日、技術と科学の全体的なすばらしい進歩により、人間の創造物および製造物の中で最も完全なものになっているのだから。

そこで再び、新しき路線が示された！

これら未来派の人たちは、この路線上をはるかに遠くまで進んでおり、その宣言の中で、ためらうことなくこんなことさえ自慢している――

La chaleur d'un morceau de fer ou de bois est désormais plus passionnante pour nous que le sourire ou les larmes d'une femme.

つまり、「鉄片や木片のほてりは、今後われわれにとって、女性の涙やほほえみよりももっと情熱を掻き立てるものとなる」〔F・T・マリネッティ「未来派文学の技術的宣言」ミラノ、一九一二〕。それはまったく自然なことだ。なぜなら、これら未来派の人たちは、自分自身について、今や次のような声明を発するところまで行っているのだから——

NOUS SENTONS MÉCANIQUEMENT.
NOUS NOUS SENTONS CONSTRUITS EN ACIER!

　つまりこの連中は、「自分たちが機械的・自動的だと感じ、自分が鋼鉄で作られているように感じている」のだが、この点でわたしたちは、さまざまな（まずわたしたちには何の責任もない）環境の罪によって、いまだにより低い発展段階にあるので、より高い発展段階にある彼らを嫉まずにはいられない。投げやりな

Nyni（今）

Dříve（昔）

家庭教育と学校教育のおかげで、わたしたちは機械的であることを十分に教えられなかった。そのためにわたしたちは、自己啓発によってこの不備のすべてを改善することに適切な努力を払わなかったこと、わたしたちの基本的骨格の望ましい鋼鉄化を目指して最善を尽くそうとしなかったことを認めざるを得ない。鉄片や木片の温度が女性のほほえみよりも情熱を掻き立てる、と心からはっきりと言える人間が、わたしたちの中に何人いるだろうか？（材木や鉄を熱愛している商人なら別かもしれないが）。本当にこの点において、わたしたちはこれまで罪を犯してきた。女性の涙とほほえみのために、木片や鉄片をないがしろにしたのである。それらに対して、わたしたちは適切な情熱と意味を与えていなかった。

ある何人かの外国人によれば、独立したばかりのわたしたちの若い国家と民族〔一九一八年建国の第一次チェコスロヴァキア共和国とその民族〕は、きびきびした従順性が特徴的だというが、わたしたちはこの問題においてその従順性を発揮することにより、より進歩的な諸民族と肩を並べてゆくことを望むことができるだろうか？

今や「のぼれ、くだれ、ただ休まずに！」というスローガンに従って、ひたすら前進するのみである。理想の目標にしっかりと視線を据えて。その目標とは、わたしたちが機械化されねばならぬということである。その向上の途上で、意図せずにわたしたちは、あの宣言の燃えあがるような誘い、最初にして最高の言葉に拍車をかけられる――

INSPIRÉES!

Soyons donc DES MACHINES !

われわれは霊感を受けた機械になろう！

*

しかしながら、この問題について人類は昔からひどく不快に感じてきた。つまり、人間はかなり不完全に作られており、人間の裸体が技術的な面で、十分に進歩的な時勢に応ずることは決してないのだ。人間の肉体はあまりにも動物的で、特に今日、インテリ向きのコンテ

ストで美と完全さを競ったなら、もはや人間にではなく機械に賞が与えられることは明白である。最近のこの時代、わたしたちは、かくも多くの現代の若きパリスたちが、最高の美人に与えられるべき自分のリンゴを女神のような娘たちに与えずに、娘たちの魅惑に満ちた裸体からくるりと目をそむけ、貴重なそのリンゴを、最高の讃辞をもって機関車とか除雪車に与えようとする場面を見なかっただろうか？〔ギリシア神話の「パリスの審判」参照。トロイアの王子パリスが、三人の女神のうち黄金のリンゴを受け取るべき最も美しい女神を選ぶ〕 まさに今日のこの時代、形の優美さの面では、すでに以前から、人間は機械とは比べものにならなくなっていることが明らかになり、それが示されたのではないだろうか？

それはちょうど沼地のクレーン、すなわち鳥のツルが、電動機械のクレーンの比ではないのとまったく同じである〔チェコ語でも英語でも「ツル」と「クレーン」は同形の単語である〕。

そしてこれは単に美学的な非難であるが、少なくとも人間の技術的不完全さを確信させるような、より重要な非難と並ぶ本質的なものである。人間は聖書の語るところによれば、はるか昔のある時に、神の発明による一種の機械として創造された。なぜなら、創造主たる神はその時、土でまず空っぽの人形を作り、それから神の息を吹き込んで満たし動くようにしたのである。疑いもなく高度に気化するこのエネルギーに熱せられて、人形はそれから世界を走り回り、人類の歴史に残るあらゆる行為をなした。王国を建設し破壊し、戦争を遂行し、新しい領土を獲得し、自分たちの神々を作り出し、地球上に広がり、教育と文明を発展させた等々。それらのことを、わたしたちはたしかに誇りに思っている。しかし、時が経つにつれて、人間は、争う余地なくあまりにも人間になってしまい、その動物的肉体の内部があまりにも人間化され、それ以上技術的に発展しなくなってしまった。この低い段階にかくも長い間身をまかせていたので、今日気づいているように、自分でもそのことが恥ずかしくなるほどである。自分たちが作り出したさまざまな技術的成長のまっただ中にありながら、まさにはっきりと時代遅れの、非現代的なタイプの人間であることを恥ずかしく思う。そして、その低い段階の人間であることの早期の克服をも熱望し、新人類であることを、機械であることを感ずるような鋼鉄人間であることを、自らに要請するのだ。

その原因や理由は十分にある。ここでは、今日の産業主義や技術のブームのはるか以前にすでに多くの思想家にとって明らかになっていた、程度の低い尊厳を欠く連中の人間製造の面における、生産や出産に伴う困難さについては紹介しないことにしよう。だが、人間に与えられたさまざまな肉体的柔軟性やもろさ、不十分な抵抗力や効率性、生理的・心理的な複雑性、さらにその他の、人間の持つすべての性質、弱点や不利な点を考えてみよう。それらについては技術用語辞典には呼び名がなく、診療室の匂いのする、医学用語の危なっかしいラテン語やギリシア語で示されている。故障した人間の唯一の修理場が、常に病院や診療室でなければならぬとは、何ということだろう？　もし人間が、時には鍛冶屋とか錠前屋でも修理できるように作られているとしたら、人間にとって何倍も都合のよいことではないだろうか？

＊

そこでここでは、人間を自然に世に出すこと、すなわち出産と結びつくさまざまな困難については考えないことにしよう（ついでながら、わたしたちはある種の思想家たちと熱心に意見を共有するであろう人たちの仲間ではなく、出産の困難さを過大評価することは望まない）。しかしながら、すでにずっと昔、何人かの強力な天才たちがこの不完全さを感じ取り、これらの事柄について、ある程度自然および神と競い合うことに努力したのは、意味のないことではない。もちろんここでは、もう最初から不成功の烙印を押されているあのいくつかの実験について、ざっと論評するだけにする。たとえば、ホムンクルス（*Homunkulus*）〔「小さな人」の意〕とラテン語で呼ばれる人間の人工生産に関する、あまりにも中世のにおいの強いあの実験のすべては、失敗であると断ぜざるを得ない。

錬金術師たちは、自分たちの丸っこいレトルトや蒸溜器の中の、ありとあらゆる非常に理解しがたい物から、親代わりになってホムンクルスを作り出しながら、この清らかならざる仕事を、悪魔自らが助けてくれていると考えていた。——だが、悪魔はそのさまざまな力に加えて、時には特別に構成的・技術的能力に秀でていたと言えるのだろうか？　かつていくつかの発明は、それらの機械が（印刷用の輪転機や自動車や楽器や、何にせよ）正直に製造工場の印を本体につけて示すようになる以前は、悪魔に帰属するものとされていた。悪魔のわざは、常に奇術師的なものだった——機械の発明のためには、悪魔はきっと数学的な頭のはたらきに欠けていたのだ。そこでわたしたちの見るところでも、悪魔が何かを作り出す際には、みっともないお化けや悪臭や、地獄の犬どもや出来そこないの仔牛を取り扱って満足したり、自然の作品から盗み取った極度に雑多な断片から（決して目的意識のある構成意図ではなく、おそらくモンタージュ狂的な幻想に導かれて）何かを綴り合わせたりする。そんなわけで、ホムンクルス製造のための悪魔との共同作業から、ちっぽけで醜い生物が生まれたことは不思議ではない。このような存在は、人間社会の真の理想的目標と思われる、建設的な社会生活に決して適合しないだろう。

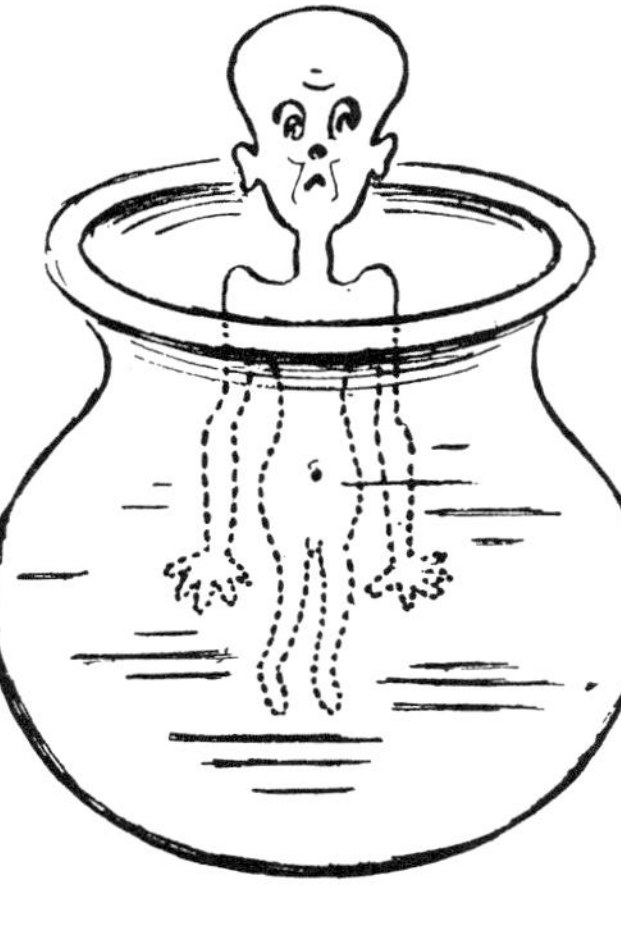

　それと同様に、中世時代、呪いやいたずらをしかける、マンドラゴラ〔錬金術などに用いられた根が人の形のような薬草〕小僧という名前で世界中に流布したまがいものも、人類の嫡出子と認めることはできない。

この小僧どもは、実際には自然の産物だったから、わたしたちの見地からは無価値であり、認められぬものでさえある。それらは奇怪な形に成長した根っ子や塊茎で、その形成に人間の知性が積極的にはたらいたことはない。二股に分かれて、さまざまに歪められ膨れあがった、そんなニンジンが、どんなにせよ本当に人間の形をわたしたちに思い出させることができるだろうか、えぐいニンジンのようなものが、たとえば、公的な立場で活動している一人前の男の代わりになることができるだろうか？　大衆を戦争に動員したり、選挙民たちの目を開かせたりできるだろうか？　自分のために、影響力や行動や公務を要請することが許されるだろうか？　それらは、自分の能力が公に認められたと実感できる個々の市民の神聖な権利だというのに。と、そんなふうにわたしたちは自問するが、おそらく否定的な答えが返ってくることを前もって確信している。

＊

ホムンクルスとマンドラゴラ小僧のことはそれくらいにして、古代の深い森の中をさらに批判的に見回すことにしよう。そこにうごめいているのは、さまざまな怪物たち、頭がないので下腹に口をつけたとてつもない人間たち、それに、大きなかかとをパラソルのように上にかざして両手で歩くような種族である。ここでは、そのすべてを数えあげることはしない。いくつかは、ここかしこでもっともらしい物語に組み込まれてはいるが、それらの生物はまったく存在しなかったことが示されている。それらはただ、頭のおかしい世界旅行者たちや、隅から隅まであやし気な船乗り、ラテン語が身に染み込んだ嘘つき航海者たちの幻想の中にしかないものだ。わたしたちはそこからも離れて方向を転じ、古代の闇の中でもう少し理性的なものを探すことにしよう。

その時代の多くの情報が語るところによれば、当時、創造主および自然との知恵くらべの形で、人間のノウ・ハウを駆使して人造人間を作り出すためにかなりな数の実験が行なわれた。だが、錬金術師の所で地獄のキッチンがひどい臭いを立てて化学的努力をしている一方で、この問題に関しては、地獄の機械工の仕事場が、しばしば物理的にきしんだ音を立てていた。特徴的なのは、人間がずっと人造人間を作り出そうと努力してきたのは、仕事をさせるという目的のためだったということである。ある意味、人造人間創造の問題は、労働者の雇用問題と最初から絡んでいるのだ。*1

しかし、すでに最古の頃から、わたしたちのもとには次のような情報が保存されている――すなわち、古代インドの裸行者ヒアルバスの宴会の折に、いくつかの彫像がウェイターの役割を実行していた（「ウェイターの役割」とは明らかに、お客がそれらに勝手にサービスを命令できないことを意味する）。別の、かなりはっきりしない情報によれば、ラバという人物が人造人間を創造し、それをR・セルという人物に送り、セルはその人造人間とおしゃべりを楽しんだという。*2

十世紀〔原文ママ〕には、詩人兼哲学者のシャラモウン・ベン・ガビロル〔一〇二一？―七〇。イブン・ガビロル〕が、自分にサービス（原文のまま！）させるために、女の姿をした人形を作り出したといわれる。*3同様に、十三世紀には教会医師のアルベルトゥス・マグヌス〔一一九三―一二八〇。本名アルベルト・フォン・ボルンシュテット。トマス・アクィナスの師でもあった〕が、約三十年かけて自動人形を作り出し、それはまるで生きているように動いたという。*4

しかし、地域的な理由でわたしたちにとってもっと興味があるのは、プラハのラビのレーヴ・ベン・ベツァレル（一五一二?―一六〇九）の作品である。彼は（彼ほど有名ではない二人の同僚エリア・ホルムスキーとイスラエル・ベシュトと同じように）土から不格好な土人形の巨人ゴーレムを作り出し、その後でそれに護符をつけていましめたのだ。このゴーレムは、あちこちに自分の子孫を、護符（それがなければ何もできないのだが）のついたさまざまな土人形の姿で現代にまで残したらしいが、それでもわたしたちはこの試みも排斥しなければならない。なぜなら、これは明らかに、あまりにも代用品的な物だからである（しかもこのラビは、すでに名前からして決定的に神秘的なユダヤ人だったのだから）。

　これらの論議を呼ぶ報告からわたしたちが知るのはこんなことだ――すなわち、中世にはかなり原始的な方法ではあったが、人工的な物質から人造人間を作ろうという試みがなされたこと、しかし生きている人間の機械化はあえてなされなかったことである。そこで問題の堂々めぐりが生じ、それは現実において未解決のままにされた。

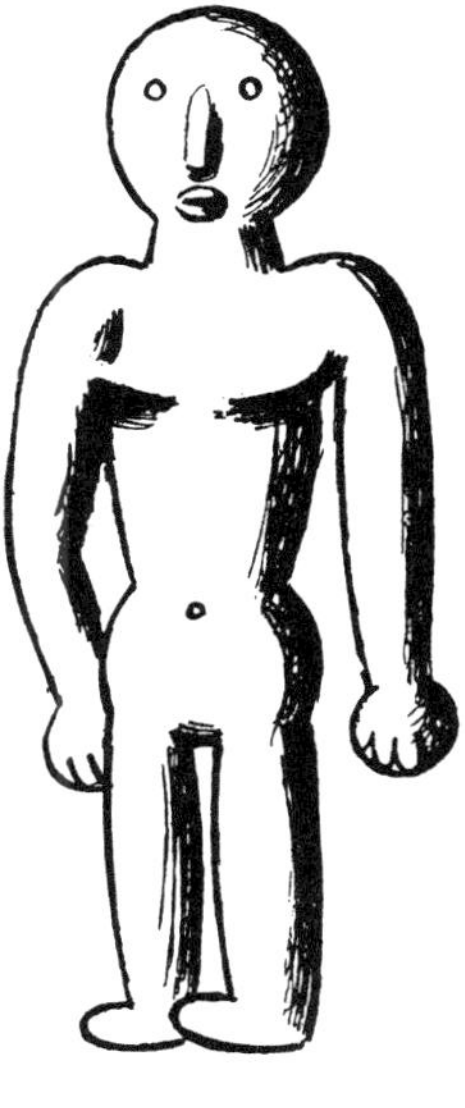

より詳細に検討するために、ここで興味ある、だがまったく不完全な人造人間についての実験について述べよう。それは、ドイツ語でゲッツ・ミット・デル・アイゼルネン・ハント、つまり鉄の手を持つゲッツと呼ばれる、有名なゲッツ・フォン・ベルリヒンゲン〔一四八〇―一五六二。ゲーテの戯曲にも描かれた実在の騎士〕のことである。この鉄の手を持つ男は、機械を補うことによって、より現代的な人間のタイプ（はるかに完全な成果については後に見るが）を作り出すための出発点であった。しかし、すでにその異名から推測されるように、完全な機械化は非常に部分的であった。

それでも、いずれにせよこのゲッツは、人類の現代的完成を目指す新しい潮流と思想の一種の立役者であり、パイオニアまたは先覚者であった。

だが、このゲッツ・ミット・デル・アイゼルネン・ハントを、現代のモラヴィアの批評家ゲッツ・フランチシェク（一九二〇―二三年存命中）〔ヨゼフ・チャペックと同時代の実在の人物。実際には一八九四―一九七四〕と混同してはならない。彼は、現代の情報源がいずれ証明するように、生理的な面ではまったく人工的なものを身につけてはいなかった。しかし、隠しておくわけにいかないのは、反対者たちのいくつかの報告によれば、なるほどこのゲッツ・フランチシェクは鉄の手は持っていなかったけれども、その代わり騒々しいブリキの口を持っていたという証言があることだ。

　この非常に簡単な要約の中ではあるが、すでにブリキのことを口にしたからには、中世の騎士団にも触れぬわけにはいかない。なぜなら、中世の騎士によって、甲《かぶと》、金属パイプ、金属製のマント、それに金属製の関節で作りあげられる人造人間の、遠慮がちな出発が開始されたからである。この装甲人間たちは、外面的には大いに満足できる格好だったが、しかしその核心部において、機械として改造された人間の真の理想とはほど遠かった。彼らの甲はただ外部的で、肉体からは分離し得る外被であり、金属人間であるように偽装するものだった。みじめな、人工的でない肉体という外被の奥に人工的でない魂が秘められているように、表面に張られた鉄板の下に

も、あたたかく毛の生えた心臓が、肉と筋と血管で構成される人間の体が、あまりにも自然な、あまりにも生物的で生理的な人間の体がひそんでいた。それと同じように、後になって、国民劇場の作業場でドクトル・ヒラル〔一八八五―一九三五。チェコの演出家〕が『バラディナ』〔ポーランドの作家J・スウォヴァツキ（一八〇九―四九）の戯曲〕の上演のために、かなりの巧みさで作り出したあの有名な騎士たちも、ただの（しかも鋼鉄ではなくボール紙の）箱で組み立てられていた。その箱の中には、狡猾にも、あたたかく毛の生えた魂がひそんでいて、その箱は一座の俳優たちのあまりにも自然な、あまりにも生物的で生理的な肉体によって動かされていた。

これでおわかりだろうが、あの夢想家たち、狂信家たちは、それらの偽りの人形の中にすでに新人類を見た、と考えたのである。

＊

そして今や、中世の茨の道から脱け出し、新しき時代の高みに向かって進もう。

輝かしき道標として、もちろんかなりあやしい光ではあるが、ここに屹立するのはドロー〔一七五二―九一。スイスの機械職人〕のアンドロイド（機械的人造人間）である。ドローの機械人間書記、機械人間音楽家、そして機械人間ダンサーは、現代におけるある理想をすばらしい形で示しているのではないだろうか？　特にダンスでは、真に鋼鉄的な耐久力と成果について、未曾有の新記録に達したのだから。

ここにはまた、たしかにかの有名なメルツェル〔一七七二―一八三八。オーストリアの音楽機械職人〕のチェス人形〔ハンガリーの発明家フォン・ケンペレンが作ったチェスを指す人形。後にメルツェルが購入〕が属し、それについてはE・A・ポー〔一八〇九―一八四九。アメリカの作家〕がわたしたちに資料〔エッセイ「メルツェルの将棋指し」〕を提供した。それに、ホフマン〔一七七六―一八二二。ドイツの作家。彼の「砂男」などをもとにオペラ『ホフマン物語』が作られた〕の華麗なコロラトゥーラを響かせるような短篇集に登場する、ミラクル博士〔原文ママ。『ホフマン物語』の登場人物〕の魅力的なオリンピア〔「砂男」に登場する自動人形の舞姫。『ホフマン物語』ではオランピア〕も。

この時代の機械人間の理想は、これらの人形の中である種のクライマックスに達している――ただ、残念ながらこれらのクライマックスは、あまりにも極端で偏っており、非生産的

で、その上に新人類の基礎を建設することができない。なぜなら、現代人はそれぞれ個別的な操り人形やおもちゃになることを望まないからだ。現代の人類は、機械化されるなら、自分を構成する各要素、自分の属する層、さまざまな関係、職業、さらに楽しみのすべてにおいて、もっと広くもっと全般的に機械化されることを望んでいる。そしてわたしたちは、機械の指導者、機械の責任者、秘書、演説家、群衆を作り出すために、時計工のように細かく面倒な仕事で苦労するようになるのではないだろうか？　いくつかの示唆的な言葉で書かれた、もっと単純でもっと有効な護符が、あのクライマックスの瞬間、関わっていたすべてをほぼ完全に破壊してしまったゴーレムを追い払ったような護符のほうが、ずっと容易に役立つというのに？[*5]

中世の騎士は金属製の機械のふりをしていたが、その内部には機械にはいまだ改造されていない生身《なまみ》の人間が狡猾にも隠されていた。それと同じように、ただそれとは反対に、あのドローの自動人間も表面的には人間を模倣しているが、内部にはただ金属の輪と歯車と操作レバーがいっぱいに詰まっていただけだ。

それらの自動人間は、ただ人間に似ている機械にすぎず、時計じかけの（しかも結局は八時間ももたない）機械として、ねじを巻かれた時しかはたらかない。それで、わたしたちははたして、わたしたち各人にとって、（比較的おだやかなタイプが多いことを否定しないけれども）それらが機械の役割をたった一つしか果たさないことに満足できたり、満足したいと思ったりするだろうか？　わたしたちの自然な要求と能力に従って、もっと多くの機械の役割を体内に保持するためには、どれだけの体の大きさが必要になるだろうか？　議会や銀行や株式会社の、これまで非常に巨大だと考えられていた御殿のような建物が、今やまったく不十分だということが示され、急いで改築したり拡大したり新築したりする必要が生ずるだろう。さらに、どの建築家が、どんな建築コンペが、そんなに広大な、古代エジプトのメンフィスの聖牛アピスの神殿ですら及びもつかないエントランスの問題を、美学的見地から欠陥なく解決する仕事を引き受けるだろうか？

わたしたちは、さまざまな実際的理由から、自然がわたしたちに課した本来の大きさで満足すること

にしよう！

しかしながら、すでに述べたように、自動人間はまず賦役の目的に最もよく適している。例のドローも過たず、自分のアンドロイドを結局は金儲けの目的に合うように調整したのだ。

自動人間のカテゴリーには、あのヴィリエ・ド・リラダン〔一八三八—八九。フランスの作家〕とエジソン〔一八四七—一九三一。アメリカの発明家〕の新しいイヴの創造実験〔リラダンの作品『未来のイヴ』参照。エジソンという名の博士が人造人間を作る〕も含まれる。

このイヴも、同様にただの操り人形で、外部全体は女性の肉体と精神の優雅さで傑出していたが、内部には冷たい金属の小さな歯車の組織が詰まっており、あまりにも機械ばかりだった。これは実際のところ、とても自然で優雅で、この世の尽きせぬ愛情を鼓舞する彼女の美しい体の線にはふさわしくない詰め物だった。だがここには、危険な不一致がないだろうか？　わたしたちは、あのように現代的なタイプの発明家であり建造家であるエジソンが、ヴィリエ・ド・リラダンのような旧派の詩人との共同作業に不用意にも身を投じたことには同意できない。この詩人の体には、結局、ところどころ古びたロマンチシズムの固い皮がかさぶたのようにこびりついていたのだ。この妥協による作業から生じたのは、そう、言ってみれば魚でもザリガニでもなかった。むしろ、内部は生身で豊潤な女性のままにしておいたなら、そして表面は、未来派の連中の情熱に火をつけるような木材や鉄片で構成し完成させたなら、もっとよかったのではあるまいか?――しかし、その場合でも現実の問題を満足させはしなかったろう。

これらの試みのすべては、根本的なものであるにもかかわらず、見当ちがいだという非難に値する。なぜなら、それらの試みは本質的に、新しい人造人間ホモ・アルテファクトス(*Homo artefactus*)創造の真の問題の周辺を、ただぎこちなく回っているだけだからだ。それらが満たしていたのは、

一、生身の人間の体全体が入り込まねばならぬ人工の機械化された外被を作り出すこと

または

二、さまざまな人間の行為を決定する好悪の感情を持って仕事を引き受けるのではなく、ただ人間の役割のいくつかを模倣する、単なる機械を人間の形にすること[*6]

のどちらかであった。

しかし、真の問題は次のとおりである。すなわち——

人間を有機的に機械と結合させ、その両要素を自然で不可分の単一体に融合させること。

*

この理想への、そして現在までのノウ・ハウでは達成されていない目的への道を、最も基本的な特徴の形で後に示そう。その前に、今のところは次のことだけ明らかにしておく。すなわち時代の進歩は、すでにこの分野での多くの成果をもたらした。もちろん現在は断片的でばらばらのヒントの形にすぎず、決して適切な総合的明確性はないけれども、それらの中には来たるべき改革の大がかりなアウトラインがすでに前もって設定されている。

たとえば、わたしたちは鼻眼鏡や普通の眼鏡

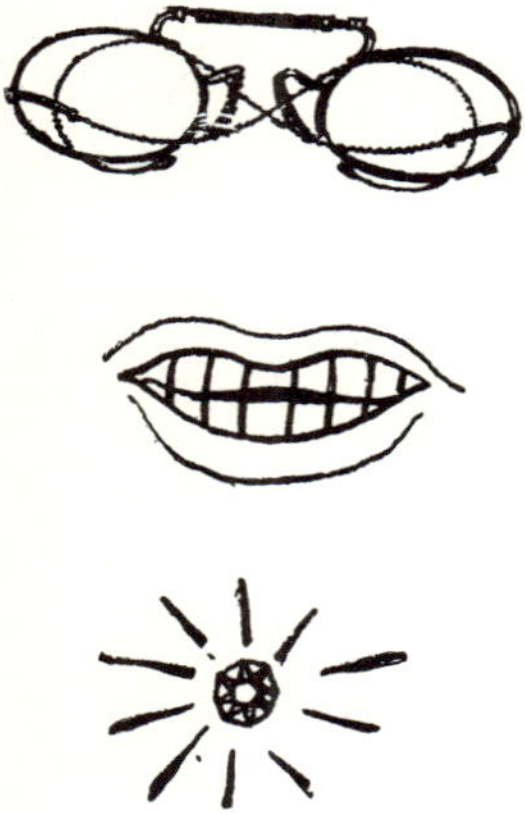

で装備されていて、これらは機械的なものではあるけれども、すでにわたしたちの体の純粋な器官の一部となっており、それらとわたしたちの目は全体として矛盾なく分かちがたく融合しているではないか？　たとえば時代の進歩は、あなた方の口の中に部分入れ歯や総入れ歯をはめ込むが、それらはすべて機械的な道具であり、しかも同時にあなた方に融合したこの上なく自然な構成要素になっているではないか？　生身でなく人工的で技術的な要素がここでは自然の要素と結合して、この上なく自然な統一体を作っているのではないか？　なぜなら、新時代の持つ可能性は大きく、物を作り出すのに最高に成熟した能力に秀でており、わたしたちはそれらの物が「まるで本物のようだ」とか「本物よりもっとよい」と、正当にも誇らし気に宣言しているのだから。わたしたちは叫ぶ――このような時代に、真の人造人間の創造が成功せぬよう、その行く手を阻むことのできるものが何かあるだろうか？

これ以上の例は、今のところ不要であろう。それゆえここでは、人間の肉体についてのさまざまな美容的補助器具のことは言うまでもな

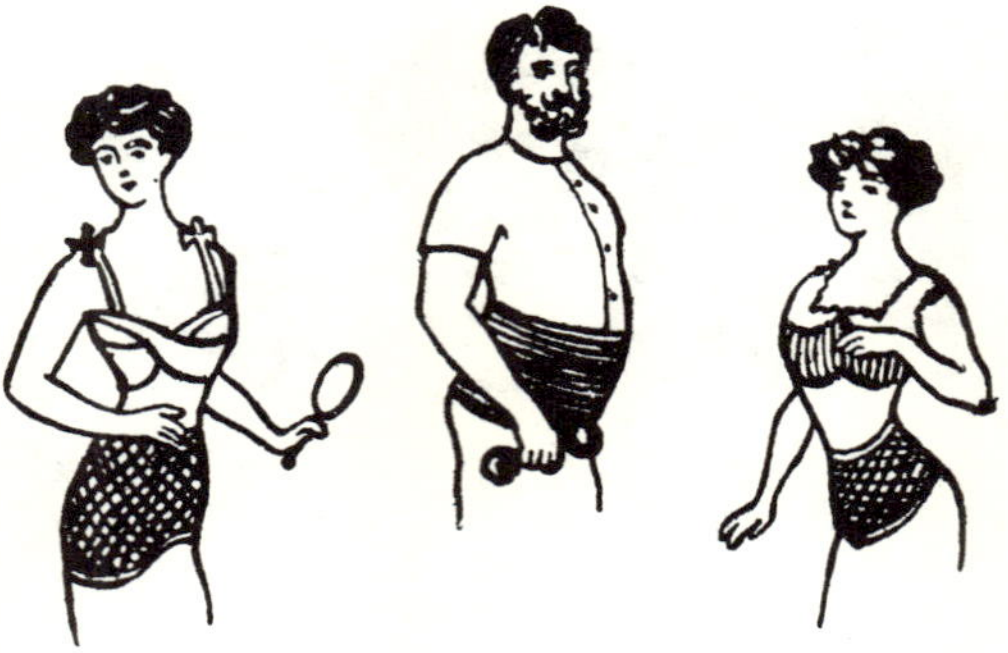

い。それらは多くの身体器官を、肉体的にも機械的にも自然なものとして、完全に調和がとれて異常でないように見せるやり方で、形を整え強化する。

ここではむしろ、一見どこか的はずれのようだが、一般によく知られている感動的な些事を述べておきたい。それは、現代技術の力のおかげで、ほんの小さな犬でも、蓄音器で自分の主人の声を聞きわけられるということだ。そう、この場合、自然な要素と人工的な要素、自然と技術とが一体となって、快適に活動できる統一体に、完全な調和の状態に進んでいるのではないだろうか？

なぜなら、ほら、ここではまさにそれが問題の核心だから

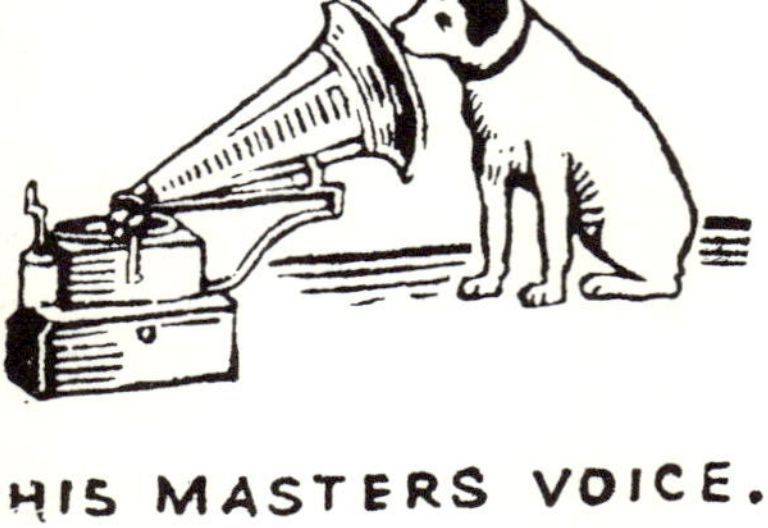

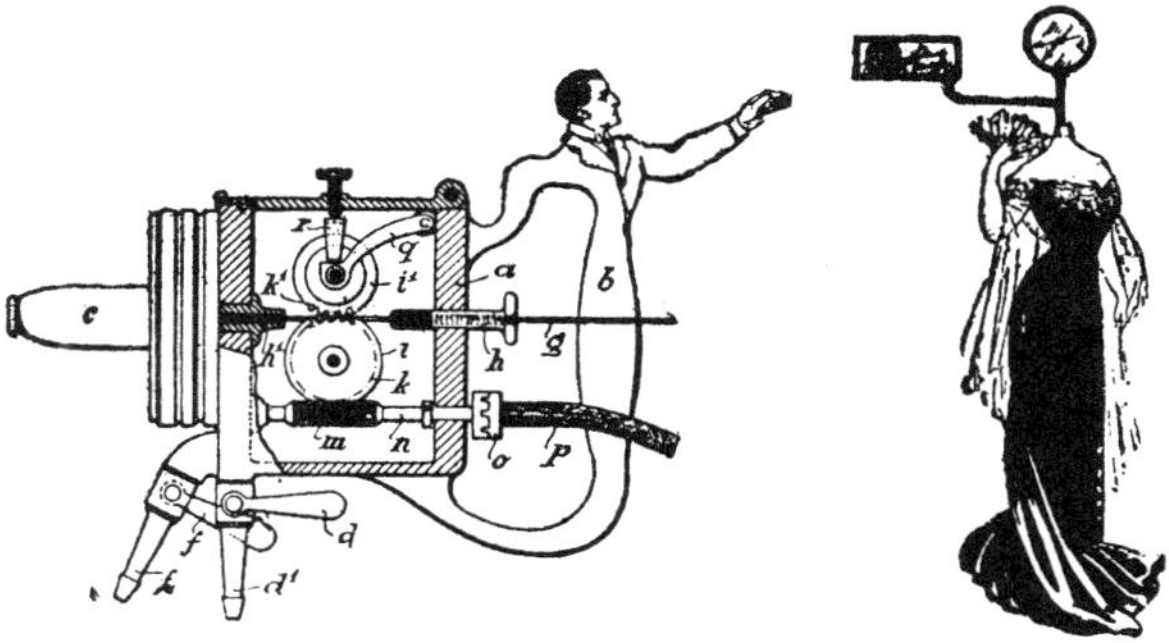

である！　新しい、技術的・機械的に改造された人類は、いかにすれば正しく生ずるか？　その答えは、次のものでしかあり得ない——わたしたちの人体そのものが機械組織の基礎であり素材であるように、生身でなく人工の技術的・機械的要素が、生身の自然的器官としての要素と互いに効果的に最も深く関係するように、互いに干渉し合うように、結びつき合うように、互いに完全に滲透し合い、直接互いの中に根をおろすように、求め表現すること。

現代科学と技術の進歩のおかげで、人類はこの発展しつつある理想に思いがけず近づくことができそうである——周知のように、多くの発明はしばしば偶然に達成される。つまり、最初に追求されたり考えられたりしたのとは異なるものから生じるのだ。ここでもそうしたことが起こった。世界大戦の中で、その力のすべてと知恵のすべてを振りしぼったあげく、現代技術は現代の人間をこの上なく精密な機械との関係に導いた。人間に現代技術の効果を浴びせかけ、それを人間の中に最も効果的な形で介入させ滲透させた。しかし、この大きな事業の意図と意味は、旧人類を完全に粛清することであって、新人類を創造することではなかった。だが、ご覧のように、それとは異なることが起こった！　世界大戦という大がかりな事業の中でかくも大規模なエネルギーを用いて展開された努力は、予見できなかった結果、予期せぬ成功によってクライマックスに達した。それは、費やされたエネルギー、最新の技術的手段、さらに何に対しても尻込みせぬ財政的負担に対して、本当に釣り合うものである。すなわち、人造人間がすでにほぼ完成されたのだ！　新しい技術的手段によって、刻まれ、延ばされ、成型され、簡易化され、補足され、そして接合されて、より古い原始的な時代には夢にも考えられなかった程度にまで改造された新人類が、今やわたしたちの前にほとんどその全貌を見せている！　あらゆるサンプルの形で、世界全体にわたり、今日ではホモ・ポストベリコースス（*Homo postbellicosus*）、戦後人間、つまり戦争経験人間が出現している！

それはもはや、金属パイプで偽装した生身の体ではない。それはもはや、玩具でも操り人形でもなく、人間の体に似せた容器の中に入れられ収納された機械なのだ。彼の肉は数学的に計算された空洞に、骨は鉄と木材に、諸関節はてこ、ボルト、弾力のあるスプリングに、皮膚は包帯、ゴム、そして牛皮に代えられている。彼はほとんど全体が人造物で、ほとんど全体が人工の肢体で構成されている。目的はほとんど達成されたのだ！

この方面での開発は大きく前進した。しかし、この大きな前進の際に、この進化が人間を打ちのめし、あまりにも強い衝撃を与えたことを明言する必要がある。それはひとえに、生身の人体による犠牲が度を越してしまったことである。この犠牲があとほんの少し増えたなら、この人造人間の中には人体の部分は完全に何も残らないだろう。しかしわたしたちは、このような進化の衝撃の下でも、人体が無傷であるように願うのである。そこで、もっと楽しい道をこれから辿ることにしよう。

*

不完全で非技術的な、または十分に適当でないような古い時代の試みを拒否して、わたしたちは直接の現代に目を向けよう。わたしたちの批判的な探索のあとで、その目的がどこかにまだ残っているならば、それはそれらすべての試みを否定するためである。そして見よ、二つの不思議な人形がここに見える〔後述のロボットと立体派（キュビスム）人間のこと〕。それらには多くの余計な叫び声がつきまとっていたが、それは何とかして芸術の薄暗がりにまぎれ込み、わたしたちの的を射た批判の矢から身を守ろうとするためだ。誤らぬように！　わたしたちは、アカデミーや芸術クラブや演劇同盟や美術省に保護されている聖域内でさえも、彼らを追いかけて射殺し、かれらの死体をわたしたちの足もとに並べる。それから彼らの耳の剛毛をむしり取って、獲物自慢の狩人のトロフィーのように帽子につけて歩く。

　非常に過大評価されたのは、うら若き学者カレル・チャペック博士の業績だった。かのいささか冒険的な作家は、アメリカの工場で自分のロボットを生産し、この商品を世界中にばらまいて、あらゆる文明的な諸外国を誤解に導き、チェコにはいわゆる輸出用の文学以外の文学は存在しないかのように思わせたのだ。

　チャペックの理論と約束によれば、このロボットは労働者の代わりとなるべきだったが、わたしたちは、実際には多くのことが実証されなかったことを公然と非難している。ロボットはただ、劇場での奉仕に用いられただけで、さらに時折、いわゆる国家的プロパガンダという重労働の場合に、臨時に雇われただけだった。おまけに、旧時代に生きていた自動人間が、全体が機械で作られていて実際には人間でなかったように、チャペックのロボットもまた、有機物のゼリーだけで作られていて、機械でもなく、それに劣らず人間でもなかった。それゆえ非常に正確で率直だったのは、あの、より批判的なチャペックの同国人たちの直観だった。この人たちはチャペックのこのトリックを即座に見破り、ロボットたちが最初に提示された直後に、これには何かペテンがあるに違いない、と断言したのだ。

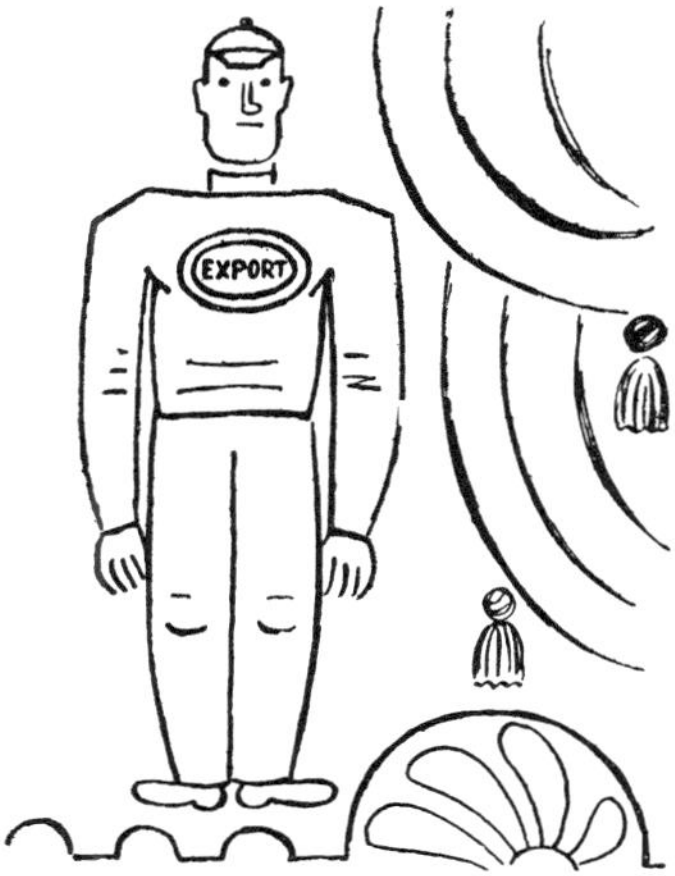

彼らは、チャペックにもっとこっぴどく塩をぶちまけてやるべきだった。しかしわたしたちは、しぶしぶながらこのあやふやな現象から方向を転じ、劣らずしぶしぶではあるが、別のものに、人造人間についての同じく非常に疑わしい試みに、あの不格好なまやかしに目を向けよう。それはホモ・クビスティクス(*Homo cubisticus*)、すなわち立体派《キュビスム》人間である。この立体派人間は、猛烈な宣伝ととも

にこの世に生まれてきたが、（唯一否定できぬこととして）実際に非常に構築的・機械的で、円筒体、結晶体、立方体、ピラミッド体、円錐体、球体で構成され、過度に木質的、金属的、ガラス的な見かけをひけらかし、まるで人類の上昇進化の階梯における最後の、そして一番上の、最高位の横木になっているかのようだ。

どたばたするな！　だがわたしたちは、ずうずうしい侵入者に、自然の選択ばかりでなく人類の審美観にまでかくも荒々しく混乱をもたらした連中に、言い聞かせるのだ。消えうせろ！　わたしたちは、この厚顔な与太者たちを、仮面をひんめくって睨みながら怒鳴りつける。

なぜならすでに示されたように、この立体派人間も、自分の肖像画を新聞や本屋のショーウィンドウや展覧会にまであふれさせ、審査員たちの権威を強引に侵して、あのマーネス造形美術協会展〔チェコの代表的近代画家ヨゼフ・マーネス（一八二〇－七一）の主宰〕（そのいくつかは、政府の代表者たちまで出席し厳かに開かれた）のような権威ある展覧会にも入り込ませ、その高慢なつらをこんな所にまで突っ込み、さらに神聖な場所にまで恥さらしにも出席して困らせ、直接からかうような態度でしばしばその片目で（もう一つの目は絵のどこか片隅から、ピラミッドのような物に隠れて藪睨みをしているはず）、おえらい政府の代表者や審査員の方々を見据えるか、さもなければその人たちの悪口や驚きを楽しんでいるからだ。

だが、実はそうではない。すでに示されたように、このまやかしの立体派人間は、現実には存在しないのだ！　画家であるその犯人たちにより、ただ画面の上にでっちあげられているだけである。その場所では機械のプロポーションと角度のおかげで大きな顔をしているが、この高慢ちきな欺瞞は、いかなる物理的な現実とも対応していない。

率直に言って、このような人たちは存在しない。その人たちの肖像は、立体派の絵画により、そんなスタイルで欺瞞的に描かれたにすぎない！*7

さてそこで、欺瞞史上で前代未聞の欺瞞が問題になる。なぜなら、ここでは存在しない現実が偽られているのだから。悲しいことにこのような汚らわしい詐欺が、芸術のまとう清らかなガウンとして悪用されたのである。

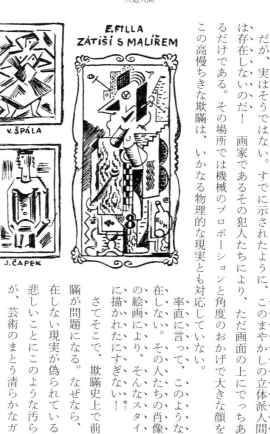

それに対する防衛に馳せ参ずることも必要だった。たしかに、このペテン師的な画家たちの運動が干からびた脳味噌の痙攣的な幻なのだと宣告されるまで、数多くの勇敢な攻撃者たちが、このみっともない芸術を血まみれに切り刻んだ。それから間もなく、この立体派人間は、ジャーカヴェツ教授殿〔一八七八―一九三七。コメンスキー大学教授、美術史家〕と芸術家集団デヴィエトシル〔チャペック兄弟も関係した前衛的芸術運動で知られる。この名称は植物名（蕗の一種）からとられた〕によって頭から打ちのめされた。デヴィエトシルのメンバーたちはこの人間を社会心理学的な立場から精査し、こんな診断に達した――すなわち、ホモ・クビスティクスはプロレタリアではない。それどころかブルジョアであり、この世界と社会の旧秩序が崩壊した時に、木っ葉微塵に砕けて吹っ飛んでしまった。それはもはや克服されたものであり、今日、ホモ・クビスティクスのための場所はない。なぜならその場所は、社会的に共感を持てる運動を呼び起こすような存在のために取っておかれるからだ。それらは絵画的に、というよりは、むしろデヴィエトシルというこの団体の育てた詩や宣言によって表現される。それから、ジャーカヴェツ教授殿は自分の立場から、次のことを発見した――かの立体派なるものは、絵画の潮流として実際に三人の頭のいかれた老人たちの病的な空想から生まれ、その後イタリア・スペイン・フランスと、非常にごちゃまぜの血の入ったピカソ〔一八八一―一九七三〕という男の気まぐれによって育てられ世間に出たのである。かくて立体派の有害性はわが国において、道徳的にも歴史的にも、美学的にも事実的にも、心理学的、病理学的にも社会的にも、すべての面で証明された。その犯人たちは暴露され、その時からホモ・クビスティクスは、片隅でこそこそ暮らすようになり、ほんの時たま雑誌とか本屋のショーウィンドウとか展覧会に姿を見せるだけで、知的エリートたちやまっとうな社会を避け、ブルジョアにもプロレタリアにも軽蔑されている。*8

さて、ロボットとホモ・クビスティクスを射ち殺したからには、さらに、ホモ・サンドイッチエンシス（*Homo sandwichiensis*）と呼ばれる、もう一つの誤ったタイプをも道筋から排除することが必要になる。サンドイッチマン人間は、表面的な観察者たちによれば新人類と考えられるかもしれない。しかし、新人類とは非常にはっきりした特徴によって区別される。まさに、キノコの本がヤマドリタケとベニタケの仲間の差について語っているのと同じように、注意深く観察すれば間違うことなどあり得ないほどだ。ホモ・サンドイッチエンシスもまた、商業用のサービスに用いられ、しばしばチャペックのロボットのようにゼリーから作られているかのごとく見えるけれども、また、すでに述べたバラディナの騎士のようにボール紙の箱を身にまとっているけれども、そして、ホモ・クビスティクスのように文字や数字が書き込まれているけれども、それはまったく、新人造人間についての試みではない

（だが、サンドイッチマン人間が群れをなしてうろついているのを見た人たちは、誤って彼らをサンドイッチ諸島の未開の原野で生まれた自由な自然児だと不当に判断する）。とんでもない！　サンドイッチマンは、それでもなければあれでもない。サンドイッチマンの群れは、種族的にも家族的にも、いかなる関係にも縛られていない。なぜならその群れは、運命の気まぐれに従い物質的報酬を求めて、まったく偶然の融合により形成されたのだから。

しかし、その群れは政治的に形成されたものではない。それどころかサンドイッチマンたちは、博愛主義者でも改革者でも指導者でもない。にもかかわらず彼らは、街頭へ、そして群衆の中へ入り込んでいき、この世で何が役に立ち何が最善であるかを、その場で宣伝しようとする。サンドイッチマンであることは単に職業であり、しかもかなり貧しいことである。

学識階級に属する多くの人たちが主として蔵書全体から成り立っているように、ジャーナリストが公的な言説から、議員や演説家がスローガンや標語から成り立っているように、サンドイッチマンはただ叫び声から成り立っている。だがその叫び声は、社会的反抗ではなく商業的な叫び声である。そしてその仕事をサンドイッチマンは、自分のためではなく他人のためにしているのだ。その派手に彩られた外衣によって、彼は精選された料理やビールの品質を宣伝しているが、この誘惑的な外衣の中には、彼の飢えた胃袋が隠されている。さまざまな店や集いの楽しさ、いろいろな音楽バンドや娯楽やスポーツ競技のすばらしさ、そしてあらゆる商品のすぐれた点を声高に叫んではいるが、彼の内部は不機嫌で退屈で荒れ果て、かつ空虚である。そんなわけで、サンドイッチマンの自動人形は、ただ非常に不完全なものであり、彼の内部の組織は外部の機能に対応していない。

だが、ある意味不思議なのは、わたしたち作家の一人ひとりが自分自身のサンドイッチマンにはなれないことだ。わたしたちの商売は今日、一般的にどうも惨めな状態である。それは今日、頭を使うようなものがさっぱり売れないからである。お尋ねするが、批評家たちが熟練のサンドイッチマン役を果たしてくれるように、いったい誰がうまく細工できるだろうか？

＊

わたしたちは数多くの読者から、ものすごい勢いで殺到する数多くの手紙を受け取った。そのことは、わたしたちの文章が大きな関心をもって読まれていることの証しである。手紙の多くはやたらとせっかちで、例の新人類、人造人間の新鮮な標本をただちに見せて欲しいと求めている。読者たちが伝えるところでは、今日の世代の人間に満足できるような理由はまったくないのだ。たしかに読者たちの不満には大いに共感するが、ぜひ辛抱していただいて、その標本をお見せするのは近い将来にしよう。なぜなら、ホモ・アルテファクトスつまり人造人間は、これまでのところまだ完成されていないからだ。

別の多くの手紙はそれらとはまったく反対に、わたしたちに対してむしろ悪意のあるいたずらをしかける人たちがいることを示している。その人たちはわたしたちをたちの悪い質問のわなにかけ、明らかにわたしたちが戸惑うのを見て楽しもうとしている。そのような質問にも、わたしたちは懇切丁寧に答えよう。陰謀家たちの網がわたしたちをからめ捕ろうとねらっているその困難な状況の中でも、わたしたちは知恵をしぼり、もっとまともな人間にとって価値のある、多くの知識を得ることができると説得してやるのだ。

まず第一に、多くの人たちがわたしたちに尋ねているのは、すでに最初に述べたイタリアの未来派の先頭に立つ何人かが約束していたあの新しい機械人間が、すでに生まれつつあるのか、ということである。そのような機械人間が、今雇っている、多額の給料をもらいながらただ面倒を起こすだけで何の役にも立たぬ人間たちの代わりにとても必要なのだという。そんなふうにこの点で関心を持つ人たちの多くは、自分用にメイドと箒の組み合わせとか、器量よしの女性の手と頭をタイプライターと組み合わせたものとかを欲しがるが、それ以上は何も望まない。別の人はまた、蓄音器との組み合わせを休息用に欲しがっているらしい、など――これらの人たちに、わたしたちは前と同じように丁寧に、情報とし

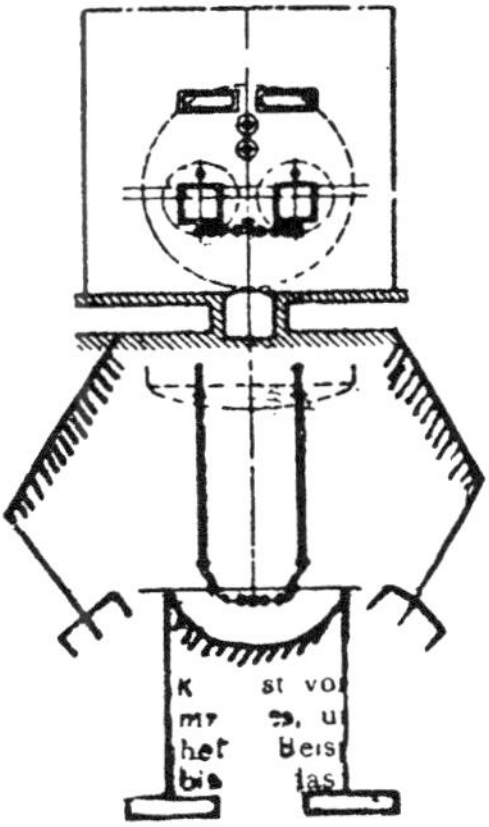

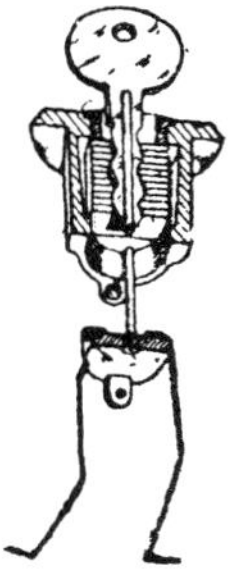

て語るが、あの未来派の新人類はいまだ作り出されておらず、現在のところ宣言された段階にすぎない。しかし、かの未来派たちが木片や鉄片に、そして現代的な機械や構築物に対して抱いたあの激しい熱情をもってすれば、新しい機械人間の誕生はわたしたちをそれほど長くは待たせないことだろう。少なくとも、彼らがその宣言の中でわたしたちに打ち明けた熱烈な告白は、それだけのことを示しているように思われる。すなわち――

Les belles machines nous ont entourés, en se penchant amoureusement sur nous, et nous, sauvages instinctifs, découvreurs de tout mystère, nous nous laissons prendre dans leur ronde frénetique! Amoureux fous des machines, nous les avons possédées virilement, voluptueusement!

（われわれは、われわれに惚れ惚れと身を傾けている美しい機械に取り巻かれている。本能的な未開人ですべての神秘の発見者であるわれわれは、機械の熱狂的な輪舞に捕えられている！　そのただ中で、機械に見込まれた愛人として、機械を男らしく、かつ淫らにわがものとするのだ！）

さて、このような叫びの後では、事態はどうなのかもはや明らかでない。それゆえ、あのせっかちな関心を寄せる人たちには、証明ずみのことわざを思い出してもらおう――「時が来れば、おのずと現れる〔果報は寝て待て〕」。その人たちには、もはやそう長くはない、希望をもって待つようにと言い聞かそう。

さらに、匿名の女性が投書を寄せている。それによると、かつてベルリンの展覧会で未来派の絵を見たが、その絵には若い男の肖像があり、その肖像の何カ所かには実際にプラスチック製品が使われ、本物のひげと本物の髪がつけられていたという。投書した女性は微妙な言い方でこの絵の中の男が特に気に入ったと告白し、さらにその後、このような男そっくりの物の生産が実際に行なわれる過程で大いに進歩し、そのような男性をまずまずの価格で手に入れることができるようになったかどうかを尋ねている。もちろん完成した男性の形で——というのは、その時はただ、いわゆるトルソ〔上半身像〕に過ぎなかったから。女性は、そのような男性がもし手に入るなら、下半身はきれいな靴下とエナメル靴で仕上げて欲しい、と望んでいた。

それに対してわたしたちは次のように答える——これらの人造男性の生産は、世界大戦中のきびしい時代に中止された。明らかにかつら関係の物の価格があまりにも上昇したから。その上この問題には、法の網をくぐる悪党どもが多数関与し、その中にはホモ・クビスティクスとホモ・フリセウリエンシス（*Homo friseuriensis*）、すなわち理髪人間が、汚いやり方で悪事をはたらいていたのだ、と。

この種のものについて、いくらかふざけた内容の二つの質問をわたしたちは受けた。その手紙の書き手たちがわたしたちを困らせようと思っていたことは見え見えである。だが、わたしたちは言う——そんな汚い仕事からは手を引け！　理髪店のショーウィンドウの中で、貴族的な髭と髪型、すばらしい肌、夢みる瞳と魅力的な微笑を誇らし気に示している男のホモ・フリセウリエンシスは、そして特にすばらしい女性のモデルとして、同じ店の中でレースの胴着やニットウェアを身に着けたこのホモ・フリセウリエンシスは、はたして機械人間なのだろうか？　その人体器官的な優美さが証明するように、むしろ自然のまれに見るたわむれとしての存在が、はるかに多く示されているのではないだろうか？　自然はここで、天然に生ずる理想的な美における模範と完成に達しようと試み、特別に成功した場合で、独自に本物としての存在となっているのではないか？

しかしまた、絵画芸術がさまざまなインテリ的流派やイズムの実りなき幻想に疲れて、迷える息子が乾いた抽象から美と自然に満ちた生まれ故郷の草原に戻るかのように、絵画の中で、さまざまな牧歌的状態、構成、田園詩風に腰を据えているホモ・フリセウリエンシスを全面的にその理想とする時、それは、その現象の楽しさ、動きの優雅さと釣り合い、そして容貌の愛らしさを、気高くも想像し得る極限にまで満たしている。それら全体が、絵画におけるこの流派の最も本質的な優雅さを作り出しているのだ。この流派は、理想主義、新現実主義、または古典

主義と呼ばれる。なぜならばこの流派は、自然から理想へ、そして理想を経由して再び自然へと向かって進み、この自己完結した回路の中で、美と現実をできるだけ完全に捕えようと努力しているからだ。

さて、このカテゴリーには（もちろん非常にゆるやかな関係において）、服の仕立屋の男女モデル人形、マネキンまで含めたその科の亜属として、ホモ・ヴェスティアリウス（*Homo vestiarius*）、すなわち衣裳人間が属しているが、この人間は、また別の狡猾なたくらみと関係する。すなわち、わたしたちがしかけられたわなに陥って、これらはただの彫刻家の作品だと宣言するだろうという悪意に満ちた望みを、誰にも与えてはならない！

現代の彫刻界では、すべてが愛国運動、煽動、パトス、さらにドラマティックな状態と関連するが、これらの人形は威厳のある落ち着きを保っている。たとえ衣裳を身にまとっていなくても、ドラマティックで記念碑的な彫像の裸体が激しく沸き返って表すような、そんな

肉体的なはしたなさは決して示さない。

しかしそれでも同じように、人造人間に通ずる発展段階にそれらの人形を配列する必要がある。それらは単に、[*9]新しい、体にぴったりする服をまとって、それを見せびらかすように決められた社交的人間の機能的・潜在的代用品に過ぎない。おまけに頭も持っていない。そんなわけで、それらの人形は、社交的人間の非常に要約された代用品である。社交的人間はただ体にぴったりする服だけでなく、もっと多くのことを見せびらかしたいと思って、そのために頭を持っているわけだ。もし頭がなかったら、いったいどうやってお茶を飲めるのだろうか？　どこにオペラグラスを当てたらよいだろうか、そして、どこを扇であおいだらよいだろうか？　たしかに自然は深慮に満ちてい

るから、そんな不備を許しておくことができなかったのだろう。

＊

興味深いことに、自然は頭を持たぬホモ・ヴェスティアリウスのタイプに生命を与えようとして、しばしばホモ・フリセウリエンシス・タイプの頭を補充してやり、活力のある、完全に独立したタイプの伊達男、すなわちダンディを作り出す。しかし、自然の持つ自然的手段は、旧時代ダンディ、ホモ・エレガンス・アンティクース（*Homo elegans antiqus*）を作り出す以上の進展には不十分だった。そして現在、旧時代ダンディは多くの面で、現代的ダンディ、ホ

モ・エレガンス・モデルヌス（*Homo elegans modernus*）によって巧みに克服されている。

現代的ダンディは、旧時代ダンディよりも議論の余地なく進歩している。現代的ダンディは、ただ古びた自然的手段で作られているのではない。その創出には、新時代の文化、高度にスリルを与えるエネルギーが協力しているからだ。それはある程度、機械的、スポーツマン的、探偵的な様式に従って、その姿を作り出した。現代的ダンディは、その構造の中に、この世紀――蒸気機関と電気、自動車、サッカーと映画フィルムの世紀――をわたしたちにもたらしたさまざまなものを取り入れている。

残念ながら、ここでも頼もしい皮膚の下に旧時代の人間の無価値な核が、いやもっと悪いもの、結局はけだものの大きな部分が隠されている。現代的ダンディがその服を脱ぐと、その下に残っているものは、最善の場合でも並みの人間で、それはまったく中世の騎士の中身と同じようなものである。しかし悲しいことに、流行と慣習に従ってその体がスポー

ツマン的に作られているとしたら！　時代精神は、そのような容器の中に、実際に不適切な精神の居場所を選んだのだ。スポーツマン的な訓練と筋肉、体重の軽重は、現代的ダンディの体をグレイハウンドやエアデールのような犬、競馬用の馬、牡牛、さらにブルドッグに似た体に仕上げた。もし機械人間を作り出す以前に機械動物が創造されていたなら、どうだろうか？　残念なことだ。

いや、少しも残念がることはない！　ダンディの機械性は、カッティングとアイロンかけによってまったく外部的に用意される。しかし、その内部にある体もイギリス人の裁断師によるカッティングのために、さらにキルティングによって改善されたのか、その精神は折り曲げられ、巧みに詰め込んで縫い合わされ、正当なひだがつくようにアイロンがけされたのか？——このような、この上なくかん高い声で発せられた質問に答えるのには、ダンディの不完全性をこれ以上多く説明しなくてよいだろう。ダンディとはただの外部的な形なのだ。それを望むなら、好きなようにわたしたちのために、そしてわたしたちに代わって、スポーツマンとしての訓練を続ければよい。それから生ずるのは、新機械人間ではなく、ただどこかふざけた古代のケンタウロスのようなものである。ケンタウロスは、腰から上は人間で、腰から下はけだものだ。ただこのダンディは、それとはいささか異なっている。人間の部分は、服のところから始まり服のところで終わっている。それ以外の残りの部分については、もう何も言わぬほうがよかろう。

ダンディはもうこれまでにしよう。そのゴールの中に、わたしたちの最後の決定的な得点を打ち込んだのだ。どうしてさらに続けることがあろうか、この試合はすでに百対ゼロで勝負がついているのだから！

また別の手紙は、わたしたちがこの列挙の中で、ウィーンであんなに愛好されていた、いわゆる「鞭打たれ人形」〔王子の学友で、身代りに鞭打たれる役の人物〕のことを忘れている、と注意している。だがわたしは、明らかに今日では神聖な、民族的尊厳と誇りに対する考慮から、一九一八年十月のクーデター〔これによりチェコスロヴァキア第一次共和国が生まれた〕以前にそんな目にあった同胞のことを宣伝したくない。わたしはただ言っておく――こんな奉仕を追放したことを、わたしたちは喜ぼう！

そしてここで、わたしたちはさらに一つの投書をもらっている。その投書は、あらゆる点から見て、鼻持ちならぬ傲慢な自己満足に支配されている。それは、わたしたちが軍人、ホモ・ミレス（*Homo miles*）、つまり軍隊人間のことを忘れているという！　軍人は、人間が生み出したあらゆるものの中で最も機械主義に適しているそうだ。軍人は、その機能のすべての面にわたって生きている自動機械に最も近いという。そのため生まれてからこの方、人類の階層的段階における軍人の地位は高く、それゆえに軍人さんたちはまた、おそらく御婦人方の場合ばかりでなく、この世界の君主たちや支配者たちのもとでも、常にさまざまな特権を与えられている。君主たちは、いわば揺籃の中の士官候補生からさまざまな軍隊の総指揮官に至るまでの自動的な昇進を、名誉あるものと考えていた。

さて、ここで投書者は自動的な昇進についての自分のコメントで、まずある程度の方向転換をわたしたちに要求する。よく知られていることだが、さまざまな人間生活は理性的に統御される限り、自動的昇進を行なっている！　たしかに人間は、生物として生まれ、世の中に出され、職務の肩書きと昇任の階梯に従って自動的に昇進するように準備され教育されている。自動的な昇進がなかったら、混沌たる状態になるのではないか？　能力のある人があまりにも早く上の地位に就くのではないかという心配の他に、もっと深刻な心配、つまり無能な人が上の地位に、もっと早くもっと前によじのぼるのではないかという心配が生ずる。

あらためてまた、投書者のほうにもどろう。人間生活の中には数多くの自動的存在があることをわたしたちはよく知っているではないか？　実際にまさにこの事実が、わたしたちの発展させている理論の土台石なのだ！　おそらく投書者は、この世の機械化における最高の地位を軍人に与えるという自分の主張によって、わたしたちの仕事の成果を容易に軽々と奪ってしまおうと、そしてこんな安易な方法で、機械的創造の最高段階に軍人を置くことに成功すると考えたのであろうか？　実際にわたしたちは、軍人とはもともと自動人形として考案され、予算と規範に従って作り出され指導され生かされ、訓練の課程に引き込まれるものだ、ということを否定するつもりはない。そうではなく、次のことを原則的に宣言しておく

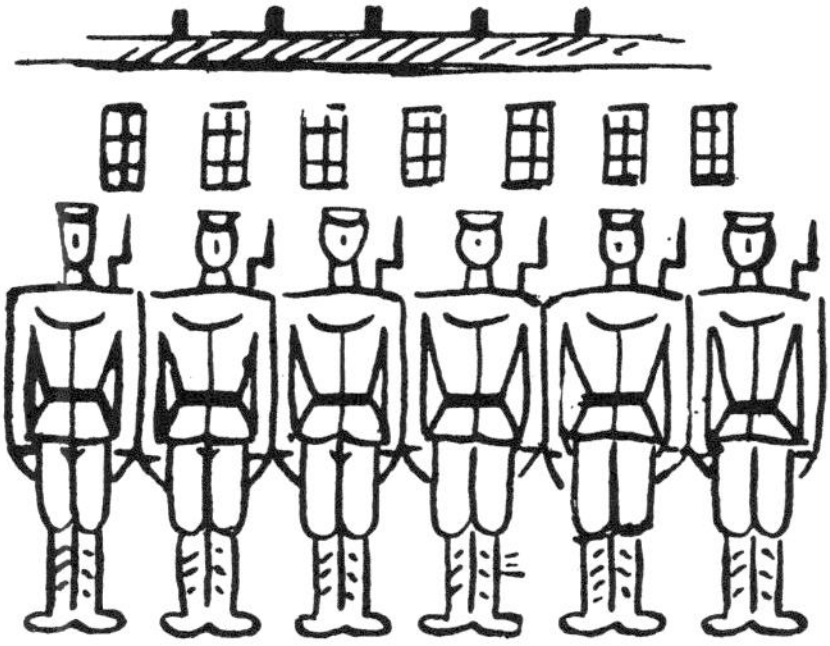

必要があるとわたしたちは考える——すなわち、常に最高のエネルギーを用い、軍事科学のさまざまな手段の援用によって、ありとあらゆる進歩的な民族や国家の軍事管理機関が追求しているこの概念が、ある基本的な欠陥のために完全に崩壊しつつあり、その欠陥をいかなる軍事科学も現在まで克服できずにいるのだ。

この基本的な、または（軍隊について述べる時）もっと上手に言えば、統帥《ジェネラル》的な欠陥とは、まことに困ったことに軍人の自動的能力の中に割り込んでくるのだが、その排除しがたきエロティシズム、つまり好色性である。常になんらかの形で原則的に誰かに惚れている軍人は、

それゆえ自分の務めにすべてを捧げることは決してなく、怠け者であり、あらゆる仕事にうまく対応できない。だがこのことを軍事管理機関も決して否定せず、実例の提示が毎日、そして機会あるごとに、力強い声と率直な言葉で行なわれている。これくらいのことを投書者は心得ているべきである。軍人サークルの出身だというのに！　そしてわたしたちは彼に忠告するが、あまりにも出過ぎた要求を早まってしないように、軍人の質を改善するためにもっと当たり前のやり方を試みたらどうか。準備的な努力として、あのように好まれていると同時に妙に切ない歌「女の子がいなきゃ兵隊なんて何になる」を何とかしたらどうだろう。その歌の中には、先に述べた軍人の腐敗堕落の神経中枢が明白に見られるのだから。その後で初めて、適切な改善への道を自動的な段階にそって続けさせたらよい。

投書者は、おそらくわたしたちに文句を言うだろう――これはただの下士官や兵に当てはまるだけで、もっと上級のもっと年輩の士官や将官は、厄介なエロティシズムとはきれいさっぱりと縁が切れているのだ、と。なるほど、それは認めよう。しかし、この上なく立派な将軍でも、質の悪い軍団、惚れ屋たちの軍団をどう取り扱うことができるだろうか？　何を征服できるだろうか？　立派な兵士などは一人もいやしない。立派な兵士は、ついには名誉ある戦場に倒れるものだ！　どんな兵士たちが後に残るだろう？

これで、軍人のことと、その投書者のことは終わらせたい。

ここでわたしたちが見てきたのは、ユニフォームはまだ人間を転換させない、人間はそのような外部的手段によって発展的に改造されたり根底から改変されたりできない、ということである。機械的人間が達成されるためには、もっと深くその内部器官組織に入り込む必要があるだろう。だが問題は見かけほど困難ではない。あらゆる有効手段を、適度に講じる必要があるだけだ。たとえば、人間がはっきりと脱人間化され、できるだけ完全にその職務を果たすようになるためには、多くの場合、単なる肩書きを与えるだけで十分ではないだろうか？（ついでながら、これと関連して注目されるのだが、国家的機械は、しばしばある種の肩書きと職務を、改めてユニフォームによって補足することに関心がないだろうか？）

おしまいに最後の投稿、すべての中で一番愚かしい手紙が、畑の中に立つ案山子《かかし》の形のわなを用意してわたしたちを待ち受けていた。その手紙は畑の中のおばけ、案山子人間は人造人間の可能なシンボルとして最高の発展段階ではないか、と問いかけている。案山子は単純にして実際的なアイディアに基づいて構成され、さまざまな部品をまとっているが、その中で人間の衣裳は形態的にも技術的にも最も本質的な役割を演じてはいない。このモデルにならって、新人類には頭の代わりに空っぽのポットを作って乗っけてやると便利ではないだろ

うか、そうすれば神経痛や片頭痛に決して苦しめられないから、という意見だ。おまけに、社交生活、社会生活、そして公共生活一般のキャベツ畑には、すでに長年にわたって、十分な数の番人役の案山子が存在していないのではないか、と述べている。

　もちろん！　ほら、過去に痛い目にあったことを忘れたな、と言ってやろう。この投書者であるなまいき小僧も、革命〔一九一八年の独立を指す〕前は、ありとあらゆる案山子役人の前でさんざんに震えていたことは間違いない。だのに今日では英雄気取りだ！　そして、この臆病ウサギは、案山子の前でずうずうしく長時間あぐらをかき、ついには誤って本物の猟師の前にまで行ってしまうだろう。ともかくも、最近の時代になって以前よりよく起こっているのは、さまざまな害獣どもが、法律や権威やきちんとしたモラルを無視して、人目をせせら笑いながら生活のキャベツ畑を長時間食い荒し、とどのつまりは痛い教訓を受けていることだ！

この手紙の書き手にも、そういう目にあうことを望みたい。この人物はまさに、当代の不正直な出世主義者の匂いがする。というのは、その手紙がタイプライターを用いて、高慢な公用箋に、つまり銀行、両替所、株式取引所、公的機関、協会、組合、貿易会社、役所、各種斡旋所、事務局、ジャーナリズム関係、クラブ、政党、委員会、連盟、監視協議会、理事会など、もはやそれ以上何かわからぬほどの組織の名入り便箋に書かれているからだ。

＊

そして今や、ついにわたしたちは肝要な（否定的）部分を大筋では通過したから、肯定的・積極的な諸点のスケッチに進もう。それに基づいて、新人造人間の決定的な提示が実現できるのだ。

わたしたちが知ったように、人間は自動機械を構成するような、金属製の操作レバーや球やねじを内部に充塡することは絶対にできない。それには、人間の体よりももっとしっかりした外被が必要であろう。だがそうなると、もはや人間の持つ諸要素は実際に何も残らなくなるだろう。再びそれに対抗して、機械的にしかも統一的な形で、人間を外部的に修正しようとするあらゆる努力は、人間の持つ外部的性質にぶつかって挫折している。なぜならここで再び、人間の内部がその外被に対して十分に生産できないからだ。そこで、この二つの方法の中間にある幸福な中道を発見する必要があるだろう。もちろん、これらの改造による介入の際は、注意深く段階的に行ない、乱暴に性急なやり方をしてはならず、人間が生きたままそれに耐えられるようにすべきである。

だがそれは、仕事全体のほんの一部だ。わたしたちはそれを職業的な実験者たちにまかせよう。そして他方で、未来派の連中も自分たちの仕事を完成させること、彼らの機械との婚約式から、間もなく新機械人間の特別な見本が提示されるのを期待している。その方面でも、いろいろ役に立つことが発見されることをわたしたちは望む。

それと並んで、わたしたちはここにわたしたち自身の提案のアウトラインを示す。この解決法がすべての中で最善のものだ、という確信を持って。

わたしたちの考えは、まず先立つ諸章から結論として抽出可能な、考えられる限り多くの点に基礎を置いている。それゆえ総合的である。わたしたちは主張するが、現代の人間の中には今日すでに、数多くの機械性と人工性（環境、選択、生活経済、文明、慣習、管理的職業、文化、技術、外科学、美容術、地位的自尊心、進歩および生活一般などの諸影響）が据え付けられている。だから実際に今は、これらの機械的要素のすべてを、人間の内部にも人間の外面上にも、技術的かつ器官的に巧妙に配置し新人造人間の適切な個体として出発させるのに、この上ない好機なのである。

＊

新しい人造人間は、次の場合に生ずる——

一、その機械的特性の面で最大限《マキシマム》に達する場合

二、技術的な面で機械そのものに匹敵する場合

三、右の両面でいかに改造されても、その体が本来の必要な生体機能を失わない場合

すなわち、これがわたしたちの考え方の理論的核心である。すでにあまりにも多く主張され示されたが、人間の体は非常に正確で巧妙な機械である。そして現実に、人間の体を技術

的に点検するならば、それが機械的構造、パイプ、ボイラー、操作レバー、ベアリング、取っ手、さらにフィルターで構成されていることが認められる。しかしながら、この技術的観点からただちに知られるのは、これらの諸部品が全体としても同様に、技術的に適切に配備されていないことだ。

というのも、人間は何によって機械と本質的に区別されるのか？　それは、機械の作業エネルギーは測定可能なのに、人間の作業エネルギーは計測不可能だ、ということによってである。機械はそれ自体の測定用のメーター、それ自体の液柱計《マノメーター》、時間計、圧力計、それ自体の矢印、指針、スケールを持っている。ところが人間はそんなものを何も持っていない。その結果、人間はたとえば、いつエネルギーが足りずいつ十分なのか少しもわからない。いか

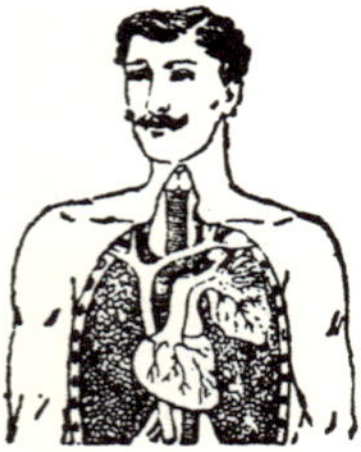

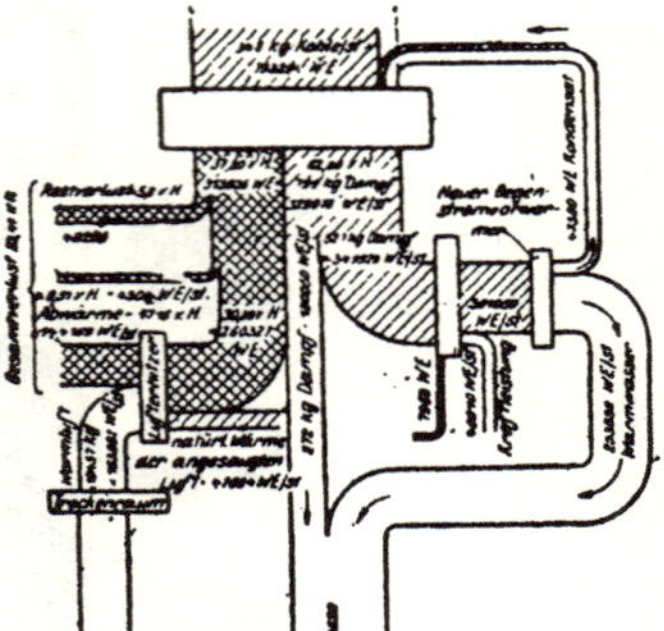

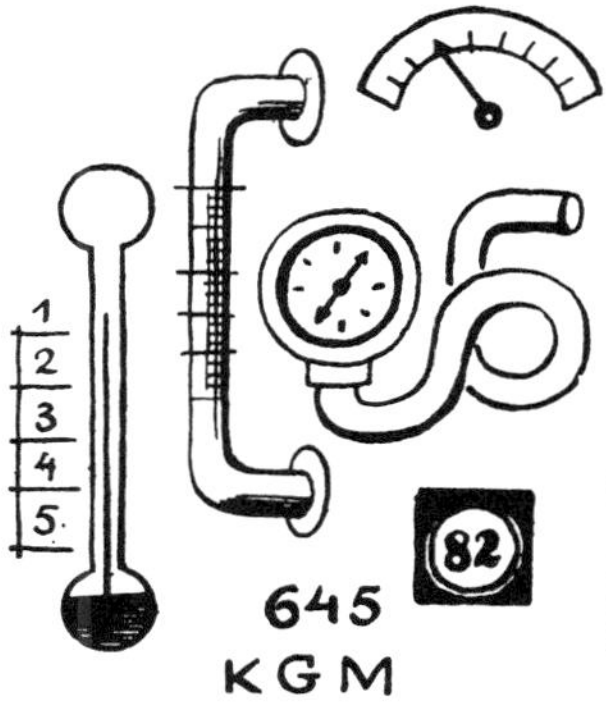

なる数字も、たとえばいつ行き過ぎなのか働き過ぎなのか示してくれないし、いかなる目盛りも、どれだけ負担できるか耐えられるか、もっと積むことができるかどうか、またはもう止めるべきかどうか、明らかにしてくれない。人間が精神的にオーバーヒートの状態にあったり、または肉体的に最高のパフォーマンスができていない場合に、その燃焼状態にいつブレーキをかけるべきか、人間にどんぴしゃりとその時がわかっているかどうか？

そこで結果的には、人間はこれらのメーターを持っていないため、機能の点でコントロールがきかず、無規制で野放しになっている。すでに自らこんなに完全な技術的部品を持ちながら、人間は実際には生身の肉体で野蛮な状態のままではないか？　そして、進歩的な技術のこの世紀が、人間をこんな低級な状態のままにしておくことができようか？

申しあげるが、そのままにしてはいない！　人間が特別な弱さによって、時にはより低い状態に落ち込む傾向をいかに示そうとも、それでも時代のおかげで、人間は向上の軌道を辿り続けるだろう。科学、技術、慣習、社会生活、それにパンに対する心配が、人間の内部に機械的・人工的なものを数多く埋め込み、それらはいわば、人間の血脈に入り込んだ。前に述べたように、時代の進歩は、たとえば眼鏡も義歯もわたしたちに供給してくれたが、それらはその後、すでにわたしたちの器官のまったく自然な一部となった。見よ、技術的進歩がわたしたちの口の中にまで押し入って来ている、その様子を！

フレー、フレー、人間が進歩するそのさまを点検しよう！

たとえば確認しておこう。時間は、はるか昔は夜空の星の砂時計でしか測れなかったのだが、まず塔の所へ降りてきて、それから人間の住居の壁に取り付けられ、それほど経たぬうちに――というのは、事態はとどまることなく進展しているから――ほら、時間は置き時計の掛け釘と枠の中から飛び出して、もっと直接的に人間の体そのものに触れるようになった。つまり人間は今や、時間をチョッキのポケットに入れて持ち歩き、時計は人間の衣裳の一部としてその姿かたちを代表的に表す要素になっている。しかしながら、ほら、ほら！　発展の道はいまだに終わらない。やって来るのは現代である。時計は、生命のないチョッキから飛び出し、腕時計の形になり、現代人の手首に、御婦人方のほっそりとした指の付け根にあたたかく固定されている。もはや時間は、人間の肌に直に乗っかっているのだ！

——そして今や、ほら！　もう一跳び発展すれば、わたしたちの目標に到達する。人間の手首に、時間を示す文字盤や時計の針がきれいに刺青されているのが見られるようになるだろう——こんなことをわたしたちは知った。すなわち、時間の歴史的発展と人間の技術的発展は、これ以外の場所に到達できなかったのである。

人間がまだ自分の時計をポケットに入れて持ち運ばねばならなかった、あの原始的な時代はどんなだったろうか！

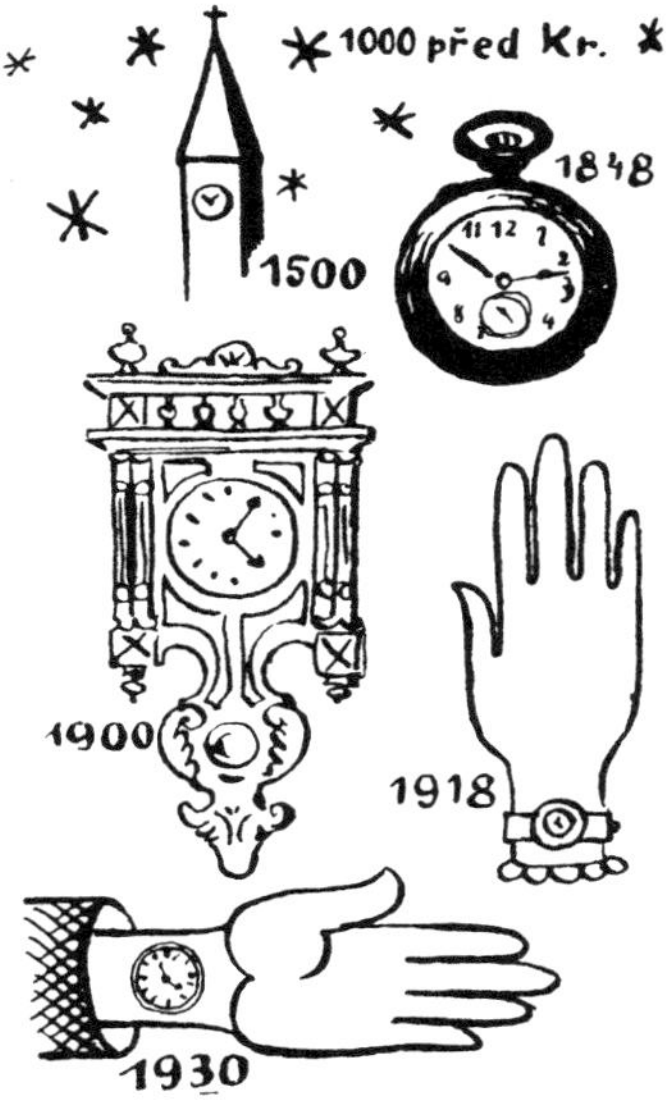

＊

わたしたちは新時代に入りつつある。二つの科学が婚約し、喜ばしい同盟関係を結んでいる。すなわち、機械の科学である技術と、人体の技術である生体形成学で、この二つの科学によって不可能なものは何もない。新人類ホモ・アルテファクトス、すなわち人造人間は、自分のダイヤル、数字盤、圧力計、時計、密度計、ガスメーター、液柱計、アンペア計、増幅計とはずみ車、あらゆる目的と種類の計器で、技術的に整備されるだろう。パイプ類、ケットル、フィルター、コンデンサー、希釈器、冷却器、ポンプ、ギア、操作レバー、動力機関、ベアリング、排気管、加熱炉など、かつての人間の自然な肉体が持っていたものすべてが、今や現実の機械となった。

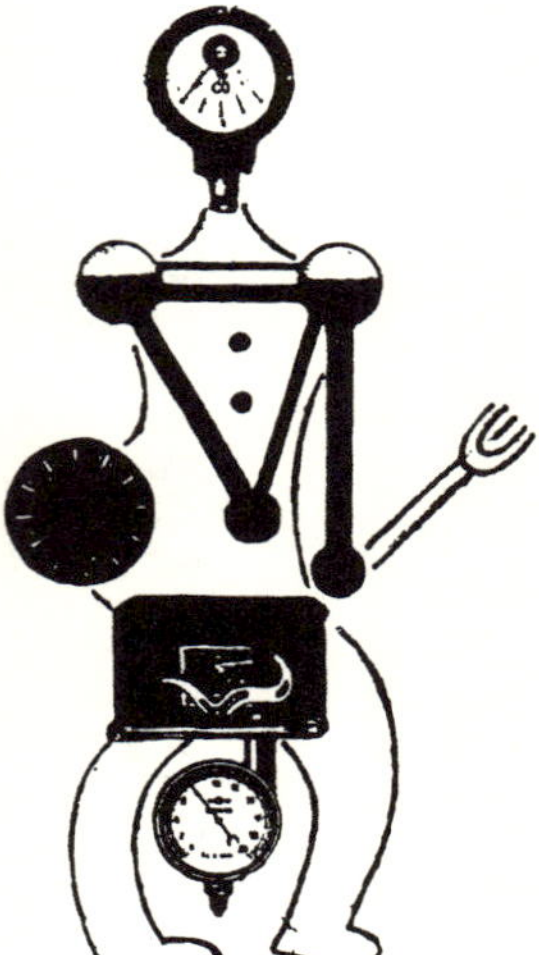

新人類は、朝になると自分の手首の時計に目をさまされ起床する。自分の動力計を見ると、昨日よりもいささか減退を示している。もちろん、昨日は国民劇場であまりにも現代的な演出による初演があり、少々興奮させられたのだ。腹部のきちんとしたガラスの仕切りは、胃

液の酸度を、酸と塩分のパーセントを、正確に線上に表示している。糖についてはありがたいことに、何も異常を示していない。脈拍は胸部の小さな表示板に示されているが、全体として良好だ。体の機械は、ともかくも快適に機能している。

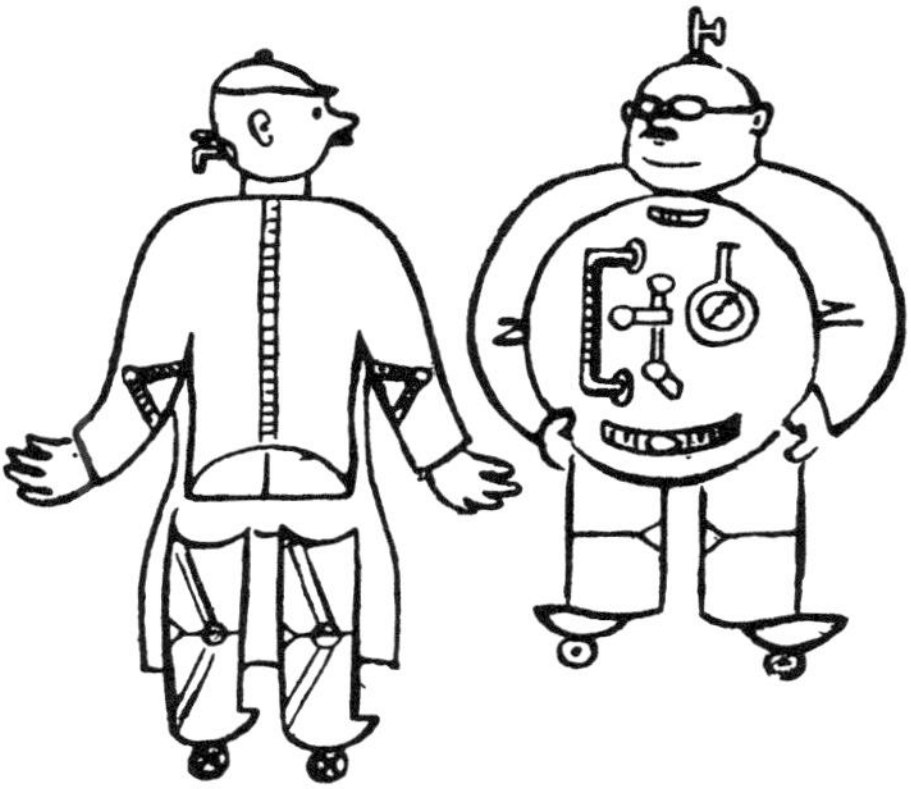

さて、自分の体の機械を生活の機械的な動きに合わせて調節することが必要だ。事務所ではすべてが順調である。ただ見習い職員が不在だ。その席には、無料の技術・生体形成クリニックに行かねばならない、という口実のメモが残されている。会計簿を拾おうとして体をかがめた時にレギュレイターが故障してしまったというのだが、もしそうだとしたら、あの悪がきめ、きっとサッカーの試合か、どこか他の場所でそうなったにきまっている。若い連中は、いつの時代でも変わらぬものだ！——一方、事務所の所長はそこに座って（もうとっくに年金生活に入っていてもいいだろうに）、いつものようにそこに

座って、肺病やみのような咳をしながら書類を見ている。彼の動力計はもうほとんどゼロになっており、あたたかいウールのスカーフで丹念に包まれている。所長さんはいささか古いタイプの自動人形のままだ。

他の仕事の分野でも同様に、生活の機械的な動きは調子よく進行している。各工場ではすべてが割り当てどおりに作業し、すべてが順調で正確である。「プラツォウン〔「働き者」の意〕君」、職長が言う。「もっと、これとこれをやってくれよ！」――「やりたいのは山々なんですがね、職長さん、どんなにやる気があってもできないんですよ」プラツォウン君は言いわけする。「今日はもうすっかりいけませんや、割り当ての八時間を使ってしまったんでキログラム計が自動的に記録を残してます。これ以上仕事をしたら係の責任者が点検の時におれに文句を言い、党の連中に通報するでしょう――わかり切ってますよ」

胃の内容の密度とレベルの測定器のおかげで、新人類はもはや、どれだけ食べるべきかについて知らずにはいられない。「給仕君、デザートのゴルゴンゾーラチーズをくれよ」と客が言う。「ただいまお持ちします、お客様」（新特許の瞬間回転記録器が装備されている）給仕が、うやうやしい目つきで客の満腹度計の赤い線を測定し、こう言う。「上等の鴨料理をお持ちしましょう、お客様の胃にはまだ余裕がおありのようですから――」

愛情を測定する熱＝圧力計のおかげで、恋人たちはお互いの情熱がどの程度であるか誤りなく認識して自分の愛情の圧力の段階と質をコントロールし、敏感な磁針のふれで自分の魅力を検査する。それでも落ちこぼれてふられた大勢の恋する男どもが、胸の痛みに耐えかねて娘たちの圧力計をこわしてしまい、財産を損壊し身体に危害を加えることがあっても、それでもなお、過去においてしばしば人々を苦しめた、あの不幸な夫婦関係は未然に防がれるのだ。

世の中の動きは間違いなくずっと改善される。もちろん、新人類ホモ・アルテファクトスといえども、すでに発展の最高段階に達しているにもかかわらず、時には旧人類の一部が自分の中に残っているのを否定できない。その一部は、警戒を怠ったり低級な情熱に駆られたりする瞬間にあちこちで出現する。

「おい君、どうしてぼくのことを、少しもまともな自動人間じゃないなんて、集会でみん

なの前で言うようなずうずうしいことができるんだ？」

「だって、ともかく誰でもずっと前から君のことを知ってるんだぜ、君がもう何回も作業計を外されたんだって！」

どうも残念ながら、政治的情熱は最後の審判の日まで人間につきまとうようだ。そこで、義人党は悪漢党と、最後の苦しい戦いを遂行する必要がある。悪漢党員たちは、悪魔の仕事をする新聞雑誌の煽動に乗せられて、悪業をはたらくだろうから。

そんなわけで、新人類の時代になっても、政治的集会はまだ絶えることはない。しかも単に宣言《マニフェスト》だけのものではなく、抗議《プロテスト》の集会も必要だ。なぜなら、すべての人の希望がかなうようには決してできないのだから。

「市民諸君、政府のこの前代未聞の行為についてわたしはどう非難すべきか、その言葉さえ知りません。わたしの圧力計は、まさに卒倒寸前にまで高まっております。わが党全体の正当なる怒りも、その頂点に達しているものとわたしは考えます。そこで、ここに御出席の政府委員に要請いたしますが、われわれのいきどおりを正式に記録し、それを政府に報告していただきたい。同時にわたしは、次のような決議を提案いたします……」

そんな時代になっても——管制器や計示器ですっかり装備されていても——よく面倒を見てやらねばならぬ人たちが存在する。なぜなら、社会問題や誠実性の問題は、決してどんぴしゃりと解決されることがないのだから。たとえば——やあ、もうこれ以上続けられない！

——ほら、もう針があんなところを指している。

終！

原注

＊1——この気のきいた文句は稀にみる簡潔さではあるが、雇用者層の読者たちすべての、即座の関心を得るものと思う。

＊2——『リドヴェー・ノヴィニ（人民新聞）』第三二巻四二一号第三ページより引用（ただし、このおしゃべりの内容については、歴史的資料が残されていなかった）。

＊3――同記事参照（＊2の場合と同様、そのサービスの方法については資料の保存なし）。

＊4――同記事参照（すなわち、生きている自動人形のように）。

＊5――ゴーレムの追放にも一千もの護符（選択的）がある。

＊6――これに属するものとして、予言者フゴ・ヴァブリス〔実在の人物はフゴ・ヴァブレチカ。一八八〇―一九五二。ハヴェル大統領の祖父〕の小説に出て来る人造人間の男がある（『リドヴェー・ノヴィニ』一九〇八年号参照）。その本の中には、マサリク教授〔T・G・マサリク。一八五〇―一九三七〕がチェコスロヴァキア共和国の大統領になることが予言されている。この政治的予言能力のために、このヴァブリスは全権公使になった（ただし、このことを彼は予言しなかった）。

＊7――そんなわけで、多くの観察者たちによって口に出された恐怖、つまりこのような立体派《キュビスム》の絵に描かれている、かくも鋭くとんがっている女性たちと実生活の中で身近に会いたくないという気持ちは、根拠のないものである。

＊8――しかし今や、次のことが示されている――キュビスムはデヴィエトシルの連中によって克服されてはおらず、彼らによってさらに再び把握され、新しく育成されている。つまり、キュビスムは最も現実的なプロレタリア芸術である、なぜならその運用は、タバコの一服ほどにも評価されない、ということが示されたから。

＊9――こんなに複雑なことをわかりやすく簡単に表現するのは困難である。それゆえ、理解を容易にするために、「単に」という言葉を使ったのである。

新しき宗教——スピードのモラル

権威ある聖職者たちがこんな嘆きを洩らす——この神不在の時代には、さまざまな宗派、異教、異端がまさに野放しになっている。そのすべてが非常に悪いというわけではない。しかし、アンティオキアとバビロン〔それぞれ古代シリアおよびバビロニアの首都。悪徳と異教の町〕にどこか似かよった町、イタリアのミラノの町から、近ごろ一つの声が聞こえて、それは邪教と盲目的崇拝さえ説いている……。

この新しいにせ伝道師は、かつての悪名高きテュアナのアポロニオス〔一世紀のギリシアの哲学者〕との双生児——というのはアポロニオスも空を飛んだからだが——、すなわち未来派の詩人F・T・マリネッティ〔一八七六—一九四四。機械とスピードと戦争を讃美した。本書中の「人造人間」一一〇頁以降参照〕である。彼は最近の未来派に関する宣言の中でこの新しい宗教を説いている。マリネッティはスピードについて語り、「迅速は純粋であるが緩慢は不純である、なぜなら迅速は運動におけるすべての活力の直観的な総合であり、一方、緩慢はあらゆる倦怠の合理的分析だから」と述べる。迅速は活動的で攻撃的であり、緩慢は非活動的で平和的である。迅速は障害に対する軽蔑、未経験なものへの憧憬、現代性、清潔さである。緩慢は障害に対する崇拝、倦怠の理想化、悲観主義、長髪で眼鏡をかけた気狂いじみた詩人や哲学者の腐ったロマンティシズムで、まったくの汚穢である。ジャイロスコープの前にひれ伏そうではないか、それは一分間に二万回転もするのだ！　牛飼座のアークトゥルス星を追い抜こうではないか、その星は一秒間に四百十三キロメートルも旅をするのだ！　一秒間に三プラス十の十乗の光と電磁波、それは神聖なもので、それらをわれわれは礼拝しようではないか！

そして、マリネッティに従えば、神はいずこに宿りたまうのか？　列車の中に、食堂車の中に（スピードを楽しみながら食事するのだ！）。橋とトンネルの中に。パリのオペラ座の広場に。ロンドンのテムズ河畔に。自動車レース、映画、無線電信の中に。滝の中に。束の間の、常に新しきモードを作り出しかつて存在したものを嫌う、偉大なるデザイナーたちのところに。生活のリズムとテンポのある大都会に。戦場に。マシンガン、大砲、弾丸のカートリッジは神々しいものだ。爆薬と地雷の中に。神々しい内燃機関の中に、それと同様、オートバイの中に。百馬力が呼び起こす宗教的エクスタシー、そして果ては（家庭用の）小さな電灯。地上の速度＝女性である地球への愛は、地表に沿って拡散される（水平方向への贅沢な快楽）。大気中の速度＝女性である地球への憎しみは、天空に集中され、無である神に向かって螺旋状に昇天していく（垂直方向への神秘主義）。航空術とは、天頂のはらわたの中をひまし油をかけて急速に浄化することである〔極端な比喩〕。

そして宣言はこう終わる――イタリア人たちよ、速くあれ、そうすれば、強く、より楽観的に、征服されることなく、そして不滅になれるであろう！

――この新しい宗教は、イタリア人たちにとって、いくつかの点ではそれほど異質ではないかもしれない。なぜなら、イタリア人たちは、ある点で（そうでない点もあるが）スピードに対して特別な傾向と才能を持っているからだ。少なくともわたしには、そのイタリア人の言うことを、自分で理解したり聞き取ったりすることができなかった。その人物は、ほとんどオートジャイロ（一分間二万回転）の一秒間の回転、さらにアークトゥルス星（秒速四百十三キロメートル）の速さに比較されるようなスピードで語ったのである。そして――許されざることに――このイタリア人の説くことにどうしても納得できなかった。そのスピードがいかに神聖なものだったにしても、その前にひれ伏しはしなかった。

そして（マリネッティが説くように）緩慢が不動の障害崇拝、停滞、既知のものへのノスタルジア、倦怠の理想化、そしてさらなる新しき旅への不安であるなら――それはたしかに愚かで宥和的な路線であって、まったく神聖なものではない。そしてその主張者に従って、緩慢は汚く、その道には汚れた車があるとしても不思議には思わない。これらすべての問題について、わが国の鉄道その他には、まだ神聖ならざるものが十分に存在している。わが国は、はるか北方の森の中にある異教的で信仰心のない野蛮な国なのだ。そして、悪路としばしばの停止（水平方向への贅沢な快楽）のおかげで、わたしたちは滅亡的である。かくて天頂のはらわたは、ただわたしたちの魂によって浄化されるであろう。それは、停止や障害の起こった際にわたしたちが息をつく時で、もちろんわたしたちは勇気も持たず緩慢に行なうのである。

人は芸術から何を得るか

そうだ、この文章の題名は定められたとおり、大まかにそのまま受け取ろう。わたしはラジオジャーナルから電話で、何か講演をしてくれと頼まれた。もしできるなら何か――たとえば――芸術について、そして芸術から得られるだろうものについて、とのことだ。芸術についてだって？　うん、もちろん、とわたしは思ったが、しかし芸術から人は何を得るだろうか？　とのつまり、人は誰でも一番手っ取り早く一番快適に利益になるものを好むもので、大勢の人たちにとって、芸術とやらはおよそ多くを与えない。大勢の人たちにとって、芸術は常にいささか余計なものに思われ、心を悩ませ頭脳を苦しめ、時には全体的に難儀なものだ。「今、ほかにもいろいろな心配事があるのに」と彼らは思う。「芸術が何か助けになるものがあるだろうか？　美しさを見たいなら、今は春で美しいものが周りにどっさりあるのに。リンゴの花とか春空の下の花咲く草原よりも美しいものを作り出す芸術家はまず一人もいない。もし何かあるとするなら、何か娯楽になるもの、あまり難しくなくて深刻でないものが欲しい。芸術家はお好きなようになされ、われわれは心が休まるもの、苦労をすべて容易に忘れさせてくれるもののほうが好きだ」

そんなではないかという疑念のすべてが、受話器を手にするわたしの心に一気に襲いかかった。そしてやや戸惑い——というのもそんな考えがすぐに浮かんだわけではなかったから——言いよどみながら電話に話しかけた。「そう、芸術……芸術について、ねえ……そう、芸術か……ふむ、いいよ、人が芸術から何かを本当に得られるかというようなことになるかもしれないな。よくあることだけど、誰も芸術から多くを得てはいないように見えるから。全人生を芸術に捧げている芸術家たちでさえ、芸術から多くを得てはいないし、他の国の連中だってそうだ、ほかに心配事がいろいろあるから、気乗りせず本気でないのに、芸術が求めているいろいろなことの世話をしているんだ」

そう、さて人は芸術から何を得るか？　ああ、たしかに、まったくたしかに何かを芸術から得るのに相違ない、人間にとって生まれつきの何かを、人間としての存在のまさに最初から、そして全体にわたってその身についた何かを。そうでなければなぜ、すでに何万年も何万年も前に、肉食獣相手に勝ち取った暗い洞窟の中で背筋を直立させるや否や、芸術に身を投じたのだろうか？　そうでなければなぜ――まだ裸のままで、まだ半分動物、肉食獣の仲間の状態でちゃんとした言葉もほとんど話せないのに――その岩場の隠れ家の暗い重圧を芸術の力ではねのけていたのだろうか？　いったいどこで芸術はこんなにも早くこんなにも切実に獲得されたのだろう？　古代人が石と骨が物を作るのに役立つのを認識した時、火を自分の家の召使いにした時、その瞬間に、芸術も人間の生活に入り込んだのだ。芸術、そのイメージ、思想と形態、それまで土や木や骨や石の中に眠っていた図形や彫像、そして火の中に存在していた、幸せにあたたかく人を生き返らせる、思いも及ばぬほど魔術的に、死に至るほど燃えさかる精神の輝きが！　芸術は最初から人間とともに生まれたのだ。芸術はすでに人間が生活と最初に直面した時、人間がその存在のすべてにおける物質的・精神的な領域と接触し遭遇したまさに最初の時に、ただちに生まれたのだ。人間存在の持つ力のすべてと、その最低と最高の位置と、その最も粗暴な構造と精神的に最もデリケートに設定された構造との、楽しくもあり苦しくもある融合と衝突の、そのすべてから。

すべての芸術の根源は、宗教的感情の中にあるといわれている。それゆえ芸術は宗教と同じほど古く、人生とその意味についての永遠の謎と同等の、人間にとって最初に必要とされたものである。この人間にとって永遠の必需品は、人間に同化され、自然と世界が与える理解し難きもの、把握し難きもの、限りなく謎めいたものすべてを人間的な姿に、人間の肉体的・精神的な形に調える。しかし芸術は現実として、われわれに神の仕事場を、作品の創造をのぞかせる。聖書の語るところでは、世界は無から創造され、言葉は肉体によって完成された。芸術作品もまた、目に見え知覚できる現実となった思考であり、明示性と形態を獲得し、創作された物質となったのである。すべての創造におけると同様に、真正の芸術においてもすべてが秩序を、すべてが本質的に最も個性的であることを望む。結晶体にせよ樹木にせよ、または動物にせよ、すべての創造物と同様に、芸術作品もそれ自身の有機的組成を、それ自身の最も個性的な本質を有する。そしてそれ自身の有機的構造、その構造を織り成す最も微妙な構成要素、それ自身のリズム、それ自身のメロディ、それ自身の造形性、それ自身の形態を持っている。それらすべてが芸術作品に、この世の数多《あまた》の物事に伍してその最も個性的な姿を、平等の力を持つ存在感を与えている。そしてもちろん——この世がいかに美しいかを見てもらうだけでよい——芸術作品のすばらしさ、芸術作品の奇蹟性をも与えているのだ。

ちょっと待てよ！　わたしはあまりにも学問的に、あまりにも意味深長に語りすぎたのではないかと心配になる。わたしはただ、芸術はこの世の初めから、人間に、人間の他のさまざまな仕事に、人間の生存競争と苦闘に属するものだと言いたかっただけだ。芸術は生まれてからこれまでずっと、自身の存在の維持と発展のために、この世における自身の使命を完全に遂行するために人間がなすべきことすべてと分かち難く結びついていた。生まれてからこの方、人類は芸術を持つ動物としてその存在を保ってきた。常に、そして例外なく。常に、あらゆる時代に、世界のあらゆる場所で、この上なく生活困難な場所でさえも、そして例外なくさまざまなあらゆる生活条件の中で、考え得る最も苛酷な条件の中でさえも。芸術は決して贅沢なものではない、何か生活上の贅沢の産物や表現では絶対にない。世界で最も乾き切った砂漠を、絶えざる飢えを抱えながらさまよい歩く、人間という動物の中で最も惨めな原始人でさえも、自身の岩窟絵画、自身の芸術を持っていた。不毛の氷の世界から乏しい生活の資を得なければならないエスキモーの人も、自身の芸術を持っている。あらゆる肌色の人たち、あらゆる信仰と信条の人たちすべてが、その人たちにとってその地が地獄であろうが楽園であろうが、地上のすべての場所で、安楽の時であろうがこの上ない困難の時であろうが、常に芸術を持つ。これが意味するのは、芸術が間違いなく人間に与えられた必需品であること、あらゆる人たちにとって普遍的・永続的な必需品であることだ。あらゆる人たち、というのは——芸術に感情的・精神的に魅せられて——芸術的表現に駆り立てるものに明確な表現と形式を与えることができる人たちだけではない。つまり、芸術家たちだけでなく、人生とその意味の問題に関して芸術が語り得るものを、自身とともに分かち合うことができる、いやそれ以上に熱烈に必要としている、芸術家以外の他のすべての人たちにとっても同様だ。

芸術はすなわち、喜びと力の大きな賜物を自らの内に携えている。芸術家たちの喜びと力は、不安のない状態、確実な創作能力から生ずる目の眩むような自由である。そして同様に、芸術家たちの喜びと力は、時には非常にきびしく運命的な、自身の作品を相手とする戦いでもあり、その作品の中に、創造の課題として芸術家が自らの目前で把握し展開するそれだけの表現と美、その内容を印しようとする戦いである。そして芸術の喜びと力の享受を楽しみとする他の人たちが、造形にせよ言語にせよ、または音楽にせよ、芸術の持つ特別な力に絶えず惹きつけられるのは何によるのだろうか？　その人たちの力と喜びは、芸術作品に対する自身の魂のすべてのいきいきとした関係からもたらされる、あの大きく深い内心の感動と豊かさである。

われわれは芸術家を、綱やバーの上を渡ってみせる芸人として称讃するのではない。芸術家とはわれわれの間で、ペンや筆、または彫刻用ののみや楽音の取り扱いの特別な才能に恵まれた人たちだ、とも考えない。芸術家、またはより正確に言えば、芸術表現や作品を生み出すのは才能ではない。その人間が内部に持つもの、感情の豊かさ、精神的な広がりが芸術家を作るのだ。他の人にとって、すぐ次のものに押し出され取って代わられる瞬間的な知覚が、芸術家にとっては内面に定着した出来事になる。他の人にとっての単なる出来事が、芸術家にとっては全人生にわたる心像と共感になっている。芸術においては才能は問題にならない。比較できぬほど深い何かが問題なのだ。芸術家が知覚するすべて、芸術家が芸術作品とするために自身の内部に構成し築きあげるすべてに対して、芸術家の感覚と魂が拠点とするあの特別な、まさに最高の、運命的とさえ言える卓越性が、初めて芸術家を真に創造的芸術家にしてくれる。

そして今や根本的な問題に達する。芸術や芸術談義をあまり楽しいと思わない多くの人が次のように言う――芸術家が自分の表現を与えたいという思いを強いられるほど、心を震わせ感動させるものに特に強く惹かれ感応したとしても、それが何だ？　芸術家が自身の内部にそんな特別な感受性を持っているとしても、それはその人の問題だ。何かが芸術家に不安感を与え、芸術家ができるだけ、そして自身のために気分を落ち着かせようとしても、それはわれわれに何も関係のないことだ。

でも関係があるのだ、しかも非常に。それはまさにわれわれの問題でもある。人間を除いたら、各芸術の内容は何になるだろうか？　人間、すなわち数多くの物事の中に存在するわれわれ各人を除いたら、人生、すなわち繰り返すが数多くの物事の中に存在するわれわれ各人を除いたら、限りない宇宙の中心にあるこの世界を、過去・現在・未来にわたるすべての物事を、そしてわれわれがどんな環境にありわれわれがどんな存在であるかを除いたら？　われわれが一体となって存在しているすべての物事、物質だろうが物質ではなかろうが、紳士だろうがなかろうが、愚者も幸福な人も、人生の一片で結ばれたわれわれ各人を除いたら？　人間がその人生で出逢うことができるすべてのもの、地を這うほどの最低のものから高い、最高に達するものまでのすべてが、芸術の内容に組み込まれる。われわれの感情のすべて、われわれの喜びも悲痛も、この上ない静穏から燃える火のような劇的な熱情に至るまで、そのうちにあるすべてを芸術が担っている。われわれの笑いと涙、幼時も老年も、愛も、反抗も懐柔も、平日も祝日も、敗北も勝利も、罪も名誉も、そのすべてが芸術の内容、言語、音響、そして造形となる。最初から最後までわれわれのものである何か――各個人のものでありすべての人のものである何か――それがわれわれと無関係であり得るだろうか！

そのすべての中で、芸術はわれわれにあり余る知識を、目に見える最も微細なものから、宇宙的な広がりの中で個人の運命が消え去るほどの大きさのものまでをもたらしてくれる。芸術は人間と人生、それに——強調するが——秩序の表現であり、本当に深く、根底から人生を豊かにし、人生の問題を解決、完全に解決してくれる。そして芸術は美を、精神的な美を伝える手段として——いわば、われわれがこの世で求める最高のものである！　そして芸術の最も甘く最も目映《まばゆ》い誘いは、完全なるものへの憧れだと思われる——われわれの中で誰がこの憧れに触れず関係を持たずにいられるだろうか、われわれの中で誰が、自身の周辺や自身の内部に、その憧れを十分頻繁に、十分容易に見たり感じたりせずにいられるであろうか？

やはり人は芸術から何かを得ることができる。何かを、そして多くのものを、いやほとんどあらゆるものを。それゆえ、芸術をわれわれの感情、精神的な渇きの中に、人生の中に位置づけるのはそれほど困難で不自然な問題ではない。実際に芸術は人生とその最初から分かち難く結びつき、人生から生じ、人生の中に根をおろし、人生の永続的な絵であり表現なのだ。人間がその心と思考を芸術の魅惑と力に向けて開くなら、芸術から何を得るだろうか？人生についての最高の知識以外にはない、人生はわれわれにとても狭い範囲の生活しか与えないのだから。また美の持つ甘く強力な衝撃以外にはない、もしわれわれが個人的にずっと乏しい美と喜びしか与えられないとしたらどうだろう！　より広くより豊かな人生！　それは小さなことだろうか？　芸術という要素が、開かれた心と魂のドアを通じてわれわれの中に入り込んでくるというのは単なる空しいまやかしの幻想だろうか？　この美しい要素は、日々の最もありふれた出来事の中にも、知覚と認識の断片の中にも、書物の言葉、演劇の賢明さ、絵画の色彩、音楽の調べ、影像の高貴さをわれわれに思い出させるものではないか？　まさに芸術は、書物の言葉の中に、演劇の賢明さの中に、絵画と音楽の構成の中に、そして影像の高貴さの中に、繰り返し何回も何回もわれわれの持つ最も個人的なもの、われわれの人生そのものを思い出させるのではないか？　芸術は難しすぎるよそよそしい学問分野では決してない。芸術は人生、最高の人生、人生そのものなのだ。

生きている伝統について

芸術における民族精神は、まず民族の性格の自然な表現でなければならない。偶然の、容易に棄てられるが、再び出直してくる陳腐なスローガンによって作られるものではない。民族精神の担い手は、第一に民族としての存在そのものである。まさに苦難の時節において愛国のレッテルを求めるような、人を驚かせ誘惑するような半芸術的な作品は、そんな存在ではあり得ない。民族的性格は、見せかけの絵空事ではあり得ない。意志、建設的・創造的意志は、民族の性格の自然で根本的な諸前提が与えられる場合のみ、はっきりと現れることができるのだ。民族としての存在そのものの内部以外の、他のどこにそれらがあるだろうか？

民族としての存在とは何か？　それは自らの地の自然と精神の性格を持つもの、その地の内部に住みつくもので、生命を持ち運命的かつ歴史的なものすべてである。残念ながら、それは民族がその生活の途上で、常に眼前に掲げていくような光り輝く松明《たいまつ》ではない！　それは、現行の生活習慣によって見合わされ、利己的に細分された生活上の利益や、安易で貪欲な生活上の思惑によって抑圧され、浅薄な実存的満足・快楽主義・無分別や非良心性により、またかくも不毛な生活上のあらゆる表面的生産性や消費によって否定されている。このような現象は一般的であり、もはや国際的に、現代がその既成の生活スタイルとして与えたものだ。ああ、もちろん、この苦難の時〔ナチス・ドイツによる抑圧時代〕にそのことが思い出される――われわれの芸術も、民族の生活と精神に対して、空虚で閉鎖的または鈍感のままでいることはできない。

この問題は逸話的なものとは考えられない。その内容、現実の内容は、物語の中にあるものではなく、演出によるものでもない。むしろそれ自体の基礎の中に探し求めてほしい。存在に関する諸問題についての基本的関係の中にあるのだ。その中で、生活がどのように観察され感じられるか、そして精神的にどのような方法で完全に解決されるか。それは感覚と精神の間の倫理的な諸事の中にある。精神的な行為の中にある。それは生活に対する極度の関心と愛情の中に、そして精神に対する最高の憧憬の中に、それらを激しく熱烈に高貴に、そして勇敢に克服し獲得して融合させた、その中に存在する。

そして、ただこれだけが、おそらく生きている伝統の内容になり得るだろう。その伝統が、今日われわれの芸術に改めて課題として要請されている。実際に伝統とは、生活によって維持され担われているものであり、ただ保存されているものでは決してない。伝統における継続とはすなわち創造であり、決して機械的な繰り返しではなく、伝統は常に常に生活と精神における新しい行為であって、繰り返される常套句による停滞には決して陥らない。伝統の担い手の地位は、そんなに手軽に誰にでも与えられるものではない。それは多数の中のほんの少数のみに与えられる。ただ創造的な人格のみに。現代の、まさに文化的というよりは非文化的現象である半芸術的および芸術以下の作品の洪水の最中にあって、芸術における人格とは、倫理的な人格であって出来合いの作品の泥沼的な低水準を克服するものである。民族のより高度でより貴重な幸福に奉仕し得るそのために、芸術が伝統の持つこの上なく深い根源とこの上なく高い意味に立ち返り、高まっていくこと以上のことをわたしは知らない。すなわち、その倫理的本質を目指すことである。そうであれば、伝統は民族の人格と創造的芸術家の人格の表現である。自然で自発的で、各民族と各個人がそれぞれ身内に担う最善のものを伴う生活である。それは真理の感知、認識、探求、そして確立である。伝統の内部には、活動的な、独自の運命を求めて戦い勝利する人格を持つ民族としての存在がある。それゆえ、伝統の中には民族としての存在が生きており、その存在は伝統に対して自らの生命と精神の使命を呼びかけている。そこでは伝統はまったく慣例ではないし、魂の抜けた職人仕事ではなく、不毛なアカデミズムでもなく、投機家や愚か者に委ねることはできない。まさに、あらゆる精神不在の反覆、安易な繰り返し、そして創造性のない保守主義は、伝統にとって最悪の加害者である。無教養な芸術職業家の無教養な公衆相手のいかさま話は、単にでっち上げられた見本市で、その場に伝統の名が悪用されているのだ。

このことを伝統およびチェコ的特性について本当に真剣に信ずるなら、現行のヨーロッパ的な出来合いの産物に対する評価として、伝統という名が悪用されるべきではない。それらの産物は芸術として認められないし、品格もなく背筋も通っていない。

民族としての存在の内容を、われわれの芸術が自身の中にどれだけ内包しているかは、ジャーナリスティックな、またはその場限りの集団的キャンペーン用の事柄ではあり得ない。それは本質的に各種の創造的な品格の問題である。それは民族に帰属する人たちの運命的な問題だが、単に帰属者の数の問題ではない。それは本質的に、その芸術家集団の多数の中で、誰がどれだけこの内容を担っているか、担い得るか、である。そしてそれは結局、常に常に、より高度なものについての問題でもある。つまりわたしが言っているのは、文化的な共同創造のより高い環境のことで、実際にここではわれわれの場合、チェコの環境である。

思い起こそう、芸術はチェコの専売特許ではまったくない。われわれの周囲の至るところに、昔から偉大な歴史的芸術が一面に光り輝いており、われわれを偉大な世界的芸術が取り囲んでいる。われわれは芸術を、安易で手前味噌な地方根性によってではなく、激しい競争の中で四方からの風当たりを受けて育てているのだ。国が最大の注意を払って芸術を自分の規定の範囲に住まわせ越境させぬようにしても、常にその文化は自然に全世界の文化と結びつき、それゆえその文化も水準を問われるものになる。わたしは芸術の必要性をただ水準だけの問題に矮小化するつもりは少しもない――民族にせよ個人一般にせよ、創造的人格は水準で決めるものだろうか？　もっと大きなものではないか？――しかし、水準に関しては、われわれにとってその道筋は一本道である。すなわち世界的なものから国内のものへ、国内から世界へ、である。その道全体であって、おそらく中途半端なものでは決してないだろう。

この時代の覚醒した存在すべてによって、全世界が精神的および芸術的文化に与えているものの中のすぐれたものに対して、われわれは閉鎖的であることができない。そのすべてが全人類の財産になることを望んでいるのだ。しかし、すべての教訓は何になるだろうか、もしわれわれが国内の創作に向かうことができなければ？　なぜなら、国はそれ自身の存在によって生きなければならず、借り物の存在によって生きてはならないからだ！　そんな国内品は何になるだろうか？　もしわれわれ以外の他の教養ある世界すべてが抱く理想と価値とはほど遠い低いものに、愚かにも満足しているならば。他の諸民族が自らに課すであろう、よりきびしい尺度を持っていないならば。

Ⅳ　政治と戦争

アララト山からの下山

わたしはすべての人に、とりわけ自分自身にこう言いたい――わたしたちは世界大戦〔第一次世界大戦。一九一四―一八〕を生き延びたのだ。ここにいるわたしたち（その数は実際に十分なのだが）すべては、自分の背後に何百万もの死者、障害者、狂人そして貧窮者を残して、大災害から身を守った。ほっと一息つき、歯をがちがち鳴らすのを止め、今やわたしたち生き残りは、渡って来た血の海の汚れをまだ全身につけたまま、いわゆる「人類の歩むべき道」を進み続けている。すでに述べたように、疑いもなく重大な理由で、この大戦を生き延びる望みがなくなった少なからぬ人たちがおり、その人たちはもはやわたしたちと共に歩を進めることはできない。その人たちは地中に埋められ、その大地の上でわたしたちは、「人類の歩むべき道」を歩いて行く、または乗り物に乗って進むのである。

この状況を過小評価する人は誰もいない、とわたしは思う。その人はまさに生きたままでいられたが、他の多くの、とても多くの人がこの世を去ってしまったからだ。亡くなった人たちも、同じようにもっと生きるつもりだったし、いやそれどころかずっと強く生きたがっていただろう。生き延びたわたしたちも、あの困難な事態から幸運にも救われた人たちに対して、どんなことがふさわしいかすでに考えた。犠牲者が何百万か、すでにその総数は数え尽くされたが、それが示すのは、わたしたちと一緒にわたしたちのそばに生きていた人たちのあまりにも多くが、いかにあらゆる死に方で姿を消したか、ただ生きる存在であるためにいかに手を尽くし、苦しみに耐えたか、という事実である。そのすべての後で、まだ多くの人たちが生き残った。そのことは、全体としてそれほど特別なことではない。ただ特別で興味があるのは、まだ生きているのがまさにわたしたちである、ということだ。あの血なまぐさい大竜巻《サイクロン》に巻き込まれて生き残れなかったどの人ともまさに同様に、今生きているわたしたちの中のどの人間も、まさに命を落とす可能性があった。今生きているわたしたちが死んだかもしれず、死んだ人たちがわたしたちの代わりに今生きていたかもしれないのだ。

実際に、わたしもきみも、彼も、死んでいたかもしれない。実際にわたしたちすべてが、銃撃、爆発、銃剣により、水と火により、飢えと寒さにより、ありとあらゆる種類の病気により、死んでいたかもしれない。今生きているのと同じように、死んでいたかもしれない。

たしかに、自分の生命の安全のために、さまざまな配慮と工夫に苦心した人も多かったし、自分たちを守ってくれた幸運な偶然に出逢った人たちも多かった。しかし、広く振り回される死神の大鎌に何とか刈り取られぬように、誰に対しても完全に安全を保障するような、そんな絶対的なものは何もなかった。

洪水がある地域に流れ込んで来る時、すべての生き物は、荒れ狂う波に溺れないように、あたりの木々や丘の上に急いで駆け上がる。すべてのものが生を求めて狂ったように暴走し、猛烈に戦いながら、咆哮する水面がまだ達していないぐらつく幹や狭い階段道に殺到する。生き物は恐怖のあまり乾いた場所にうずくまり、物も言わず震えながら眼を閉じ耳を押さえ、急速に迫る災害の前に自分の全存在を隠そうという、この上なく哀れな希望を託して息をひそめる。そして、自分の生命以外には何も見ず何も望まぬ一部の生き物が、自分より弱いものを叩き出してその場所に自分が座ろうとする。

――生き延びた人たち。――死んだかもしれなかった、そして救われた人たち。運命の寵児たち、幸運児たち、強者たち、狂った逃走の折、災害に見つからぬよう息をひそめていた弱者たち、利口者たち、大利己主義者たち、ろくでなしたち、不死の者たち、恵まれた人たち、わたしたちすべてが、煙を立てて洪水のように押し寄せてくる火と血と病いから逃れたのだ！　わたしたちの後には何百万もの死者が残され、わたしたちの後には、目の見えぬ人たちがとぼとぼ歩み、片足の人たちがぎこちなく歩み、そして狂った人たちが吼え立てる。足もとの草の茎を踏みつけて折りながら歩んだすべての人たち。洪水に落ちた者もあり、その中に放り込まれた者もあった。

　そして今、わたしたち、死人となったかもしれないが、死を逃れたわたしたちは、「人類の歩むべき道」を歩き続けている。わたしたちは互いに労働と品物を売り買いし、遊び事を楽しみ、生活を営んでいる。だが今でもわたしたちの中から死が、歯をむき出して冷たい恐ろしい微笑を見せ、そしてその上に生が、貪欲に利己的に残忍に笑っている。その二つの微笑は楽しい気持ちにはさせてくれず、信頼感を強めるものでもない。

　聖書にあるノアの箱舟がアララトの山〔トルコ東部の山。ノアの箱舟が流れ着いたとされる〕に漂着し、やがて水が引いた時、箱舟の中で保護されていたけものたちが、すべて山から下りて来た。それぞれがきれいに番《つがい》の状態で、種を保存するようになっていた。わたしたちすべてにとって洪水はどこにでもあったし、アララトの山もどこにでもあった。すでに乾きつつある平野に下りて行きながら、わたしたちは、洪水の前の日々と洪水の日々の互いの顔に改めて出逢い、互いに驚きの目で見合う。肉食獣と牡山羊、反芻動物と蛇、猿と吸血蝙蝠《こうもり》、鳩も禿鷹も、すべてが順調で、種を保存するのに十分な数だった。そしてすべての顔から、生と死がほほえみかけ、同時にしかめ面をしている。びくびくし、貪欲に、おだやかに、残酷にかつ冷淡に、さまざまに、どのようにでも、わたしたちはそれぞれ自分勝手に「人類の歩むべき道」を急ぐ。または無秩序なグループになって、または熱烈なラッパ手や鼓手の出す指令に従って、自分自身の声と他人の声を聞きながら。

社会主義者の乗り物

これは非常に重要な問題で、わが国にとってはとりわけ厄介である。なぜなら、特にわが国では、他と比較して事態が深刻で複雑だから。つまりわが国では、たとえば誰がどのように真正の（純血な）社会主義者なのか、実際によく知ることができないのだ。すでにわれわれは、あまりにも頻繁に行なわれる社会主義諸紙・誌上での論争を通じて、わが国の社会主義諸政党の中で真正の社会主義政党は一つもないことを確かめた。ここでわれわれが知ったのは、わが国の社会主義政党は、社会・愛国主義的、すなわち純粋の社会主義ではないか、またはボルシェヴィキ的、つまり劣悪な社会主義か、どちらかであることだ。そしてこの混乱状態の中、わが国で社会主義を代表し指導している人たちに、

われわれは人知れず注目してきた。するとその人たちについて次第に明らかになったのは、その人たちがあまりにも反動主義者（資本者階級の謀反人）であるか、または血に飢えた革命主義者（ロシアのボルシェヴィキの謀反人）であるといわれ、真正の社会主義を裏切っているということだ。

この事実からわかるのは、社会主義者たることは結構大変だ、ということである。ブルジョアであることは、他のすべてと同様にずっと気楽なのだ！　一旦ブルジョアになりさえすれば、もはや誰の目を引くこともない、それどころかブルジョア性を敵対者たちの疑いの目から隠さずにいられるし、不完全なブルジョアだと罵られることもなく、ただ典型的なブルジョアと呼ばれるだけである。しかし、社会主義者は他の社会主義者たちから、社会主義者にあるまじき人間だとか、自身のさまざまなあり方と行動により社会主義を裏切り傷つけているという嫌疑を常にかけられる。

真正の社会主義者がどうあるべきか、何をしてよいか何をすべきでないか、その規定や規

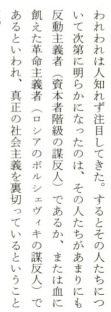

則は何もない。たとえば社会主義者が自動車に乗って出かけるとなった場合、自らの社会主義者的良心との倫理的葛藤が生じるかどうか、われわれにはわからない。この点で、社会主義者の大臣は、その運転手よりも難しい立場に置かれる。

それでは、社会主義者が良心のとがめを受けずに乗れるのは何だろうか？　これもまた、わが国では非常にデリケートな問題である、わが国では社会主義者たちは自分が乗ると同時に政府という車を牽引しているのだから。そこである程度、わが共和国は社会主義者たちに乗っかっている、と言えるだろう。しかしさて、社会主義者は何に乗ったらよいものか？　たとえば、イジー・ストシーブルニー大臣〔一八八〇―一九五五。国家社会主義の政治家〕は馬に乗って行き来しているが、それは貴族やブルジョアのすることだと他の社会主義者たちから非難されたのは、それほど昔のことではない。もちろん馬の、その貴族的な背中に社会主義者がよじ登ったからといって、許されざる者として放り出せと求めることはできな

「社会主義者は乗せないよ」

い。馬は平和な動物だから誰が乗ろうが気にかけないし、放り出す気になれば、社会主義者だろうがローマ法王だろうが区別することなく振り落とすだろう。では、社会主義者は文句なしに馬に乗ってよいのだろうか？　乗ってもよいことは確かだ、それはロシアでの例を見ればわかる。ロシアではボルシェヴィキのお役人や衛兵たちが意気揚々と馬を乗りまわしているが、何も悪いこととはされていない。が、これはもちろん異例である。つまり、社会主義者は勝手に馬に乗ってはいけない（それはブルジョア的だろう）が、流血革命に際し、ブルジョアを去勢馬から振り落とす場合には、問題なくその馬に乗ることができるのだ。ブルジョアと悪を追う場合は馬に乗れるが、自分勝手には乗れない。社会主義者はブルジョアと同じことをすることができるが、もちろん、その前にそのブルジョアを適切に排除することが前提である。

さらに、社会主義者は天馬ペガサスに乗ることができる。もちろん、社会主義のペガサス

に限られるけれども。このペガサスは決して競走馬ではない。貴族的でない戦馬で、重々しく突進するが、同時に騒々しく鼻息が荒い。この馬は、並木の大通りや公園を駆けまわるにはふさわしくない。最もよく乗られるのは都市の周辺や工場地帯である。だが、貧しい郊外で貧しい人たちに貧しい牛乳を配達してまわる貧弱なやせ馬ではない。ペガサスは新聞・雑誌の編集部の厩舎で育てられる元気のよい乗り馬で、その場所からはしばしば騒々しいいななきが聞こえてくる。関係者の多くは大学などの論議には関心がない。実際にペガサスは不規則な速足とか音高く疾駆することのほうを好み、時々凄まじい勢いでがっちりした蹄の上に仁王立ちになる。そして乗り手はその馬にまたがり、赤旗を振る。

まっとうな馬やペガサスに乗ってうろつきまわることが許されない社会主義者でも、ブルジョアには心配なく乗ることができる。かまわずにブルジョアに乗っかれ！　ブルジョアは歩みがのろく、背幅がとても広い。ブルジョアに乗るのは快適だ。だが、ブルジョア的なあらゆる飽食と腐敗によって

脂肪太りしたその脚は、恐れを知らぬ乗り手が満足する十分な高さまではずむことができない。そこで乗り手は時折、自らの階級的な憎悪のこもった鋭い拍車をかけたり、ぴりっとした鞭をふるう。ブルジョアに乗るのは容易だ。容易で快適だ。多くの社会主義者はほかのことは何もせずに、ただブルジョアを乗りまわすだけだ。乗りまわしながら、どんな風向きであってもとても楽しい気分なので、社会主義のお荷物が乗りまわす場所のどこかにあること、荷車につながれていないこと、その場から少しも進まないことを思い出しもしないでいる。

わたしはなぜコミュニストでないのか

そう、わたしはなぜコミュニストでないのか？

何かしらその理由があるのだろうか？　世間の資本主義秩序の支持者でありたいからか、抑圧された人びとを搾取する手伝いをしたいためか、人間に関する物事の秩序確立における最高の社会的正義を求める大いなる理想を前にして、自己の幸福と利益の喪失を恐れるがゆえか？

何でわたしが、そんなに冷淡で奴隷的で安易に現状に満足できるのだろうか？　より良きものを見もせず感じもせず、判断せず憧れようともせずに、そして、若者を脱し大人になり生活と自らの仕事に邁進し、自らの妻と子供の生活の資のために戦いつつ、その理想を感じず自らの身に帯びることもできずに？

たしかに、実生活の慣行そのものと生活経験は、政治や国家経済に関する物事にそれほど目立つセンスを自分が持っていないにもかかわらず、この世ではすべてが良く清く正しく整えられているわけではないことを、芸術家に十分教えてくれる。それと並んで、芸術家自身の心の中には、すべてが善と美であるような世界と秩序を思い浮かべる大きな子供の夢がある。この点で、芸術家がコミュニズムに向かうのは難しいことではないだろう。その反対党よりもコミュニズムの戦線により近づくことはあり得るだろうし、そのプログラムと党の急進性が、芸術家の痛みと怒り、さらにできるだけ早く、できるだけ広く世直しをしたいという彼の夢の中で、十分な信頼と明確な慰めとなり得るだろう。

わたしは大きな子供の夢を語った。それは現実において、この切望されている新しいより良い世界秩序は、とてつもなく大きな、おそらく内容のある課題だからである。それに対しては大がかりで真剣な、そして責任ある解決がなければならず、ここでわれわれは、ただ自身の美しい空想のみに会うことになる。美しい空想を持つ人たちが、この宙に浮いた風のようなものを抱いて、コミュニズムに急いで走り寄るとしたら、それは無益なことに近い。コミュニズムはそのような芸術家に多くを与えない。彼らがコミュニズムの旗の下の一員になったとしたら、宣伝広告として使われる可能性は大いにあるが、芸術家の美しい空想はコミュニズムにとっては実際に貧弱な価値しかなく、それどころか芸術家たちは大いに破壊的で危険な分子になる。あまりにも自由な独立精神を持っているために、克服できぬ個人主義への傾向がある人たちは、コミュニズムにとっては容易に異端者となり、コミュニズムのスタイルを破壊することになるだろう。そこでコミュニズムは、彼らに大いなる規律を課し、党のプログラムと慣行に対する完全に熱烈で盲目的な信頼を強いて拘束し、この点でまさに思考停止状態にさせるだろう。

というのは、わたしに現体制の誤りや悪に対して開かれた目があるとしたら、他方でその目は反対側のコミュニズムの欠点や悪に対しても開かれているからだ。わたしはコミュニズムの側に立つことができない。なぜなら、わたしの感情と理性に反することがあまりにも多すぎるから。一発で理解してもらうには、こう言うべきだろう——われら木石漢《ぼくせきかん》にあらず。つまり、木や石で作られた人間のようにならなければ、コミュニズムの人間とそのプログラムおよび慣行から立ちのぼる疑念をきれいさっぱりと克服することはできないだろう。実際とは本質的に異なる何者かにならねばならないだろう。そうなって初めて、異なる可能性と効果、異なる人たち、異なる慣行、異なる革命、そして人類の発展におけるより良きもの、より完全なものを目指す異なる運動と成熟を信ずるようになる。

コミュニズム以外にはなすべきことも救済も存在しない、と説くのは、奇妙な楽観主義ではないだろうか？　コミュニズムが拠って立つのは、現代以前の時代が知ることのなかった、より正しくより繁栄したより高貴な世界を目指す、現代の持つ善意と能力である。その善意と能力は、すでに何世紀にも及ぶ多くの行動と段階的発展の中で実証されている。つまり否定できぬのは、この善意と能力が、労働する人のあるべき場所を、まだそれほど昔ではない封建時代とは、また十年前とはまったく異なる地位に進めたこと、そして今日よりもさらに高めていくだろうことである。コミュニズムの弁舌家たちにとっては、もちろんこのテンポはあまりにも遅く、費やされるエネルギーも少なすぎる。そう思われるのは、このような発展はコミュニズムの弁舌家の功績や煽動ではないからだ。そしてたしかに、われわれの辛抱のなさにとって、この発展はあまりにも遅い。わたしはすでにさまざまなことを、今もずっと前にも待ち望んでいる。もし人間の社会が腐敗して屍肉のようだとしたら、ぼろぼろになって急速に崩壊するだろう。しかし、生きている有機体だとしたら、その生命体の中で行なわれる大きな過程のためには、常にある程度の時間が必要なことは疑いもない。

わたしが論じているのは、この高貴な世界への移行に通じる変化が——それだけの善意がそれなりに存在するにもかかわらず——あまりにも緩慢であること、それについてはほとんど言うまでもないことである。なぜなら、新しい物事の秩序によって自分たちの利益や繁栄が脅かされると感じるあまりにも多くのもの――旧体制、資本主義、ブルジョアジー――がその道筋に立ちはだかるから。われわれの目指すより良き仕事を阻止する、これらの敵対的反動勢力を武装解除するには、どうしたらよいのか？　これについてのコミュニズムの処方はこうである――今日にでも革命を遂行すること、そんな階級を壁の前に立たせ処刑すること、そして政権を握ること。

わたしがいつも不思議に思うのは、コミュニズムにとって、ブルジョア諸階級がそれぞれすべて血なまぐさく抹消されるべきなのか、ということである。特に文化と芸術に関する物事において、この主張から、しばしば実際に非常に偏狭で粗悪で濁った立場や尺度が生じ、非常にひねくれて醜悪な考え方による決定に到る。これはまさにわれわれの対象とするコミュニズムの恥であり、非常に不純な何かのためにブルジョア階級の絶滅と悪用をもたらしたのだ。そして、人間の生活と行動の他の諸分野においても同様に、コミュニズムの戦線は、非常に不思議な方針とあまりにも特殊な戦略を策定するので、それから生ずるひどく地についた反抗だという恐怖を防ぐことができないほどだ。あまりにも頻繁にわたしが抱いた印象は、ここで通用するのは明快な思考ではなく、怒りと狭量な嫉妬や盲目的で粗野な暴力の発作であり、それは野放しにされた悪魔に取りつかれたようだ、ということである。ここには、寛容で高邁な公正感は存在しないが、そのような公正感は、世界を掌中に収めようとする大いなる思考に伴うべきものである。そう、反論はある、しかし実際にコミュニズムの主張は、彼らを殺し餌食にする世界に対する、抑圧された奴隷たちの反抗なのだ。そう、ただしそれは、ただの奴隷たちの反抗ではない――それは、非常に強い度合いで、権力を欲する者たちの反抗でもある。この連中は、世界を不当に単純化して自らの攻撃の戦場にし、自らの組織的軍隊の好戦欲以上のものは何も注視しなかった。

わたしは世界革命を信じない。そんな素朴に幼稚な理由では信じられない。わたしがその革命を行なうことはないし、わたしが尊敬し信頼を寄せているこの人、この人、あの人と、何となく内心で通じているすべての人は革命を行なうことはないだろう。しかし、コミュニズムはまさに意欲的な革命を遂行しようとする。コミュニズムに革命を実行する能力があることをわたしは信じるが、コミュニズムにそのような革命後に続くべきことをきちんと創り出す能力が十分にあるとは信じられない。なぜならそれは、より大きく、より強力で、より浸透的で、言葉のより良い意味で生産的な力、そのような人類と秩序の持つ力、したがってその革命の支配をはるかに超えた広範囲で普遍的な実体を持つ力を必要とするであろうから。ともかく、そのような革命の代価はあまりにも高くつくだろう。その結果を補正するには長く辛い労働が必要であり、かつて革命前に我慢を強いられていた物質的条件に迫るような、きびしい生活が再び待っているだろう。おそらくそれだけの時間があれば、それほどの血の代償を払わずに、革命なしの発展が破綻なく進み、したがって世界は損なわれることなく、苦労して改善しなくてもよい、必要なだけの物質的条件をさらに超えて成熟するだろうし、そのような犠牲を払うことにまつわる心の重荷を負わされることもなく、精神的秩序をもっとよく保てるだろう。公正さの両足に革命の血と悲惨の中を歩むようにさせず、繁栄する労働を通じて公正を工夫するほうがよいのだ。

そしてここで、わたしには確実にはっきりと次のことがわかる――すなわち、この新しい公正さが、労働に沿って、自分たちの労働に沿って前進するようにと熱烈にかつ実効的に望んでいる人たち、この新しくより良き秩序の公正さが自分たちのはたらく頭と手の中でまっとうな信頼できる段階に到達するようにと望んでいる人たちが、コミュニズムが前提とし心得ているよりもはるかに多いということである。このような人たちは、コミュニズムに対して何も望んでいない。そしてコミュニズムは、このような人たちをブルジョア連中と呼ぶ。なぜならコミュニズムは人間を区別して収容する袋を二つしか持たないからだ。一方にはこの場から決起して革命を遂行するプロレタリアが入る。他方には打倒され排除されるべきブルジョアが入れられる。この二番目の袋の中に、コミュニストは党の中に組織化して組み込めないすべてのものを投げ入れ、それによって世界像を単純化してしまう。

わたしは工場労働者環境の経験者なのでとてもよくわかるのだが、労働者の中にも非常に多くのプチブルジョアが存在しており、それはいわゆるブルジョア階級の中にも、まさに普通の、いやそれどころか模範的な労働者が数多く存在するのと同様である。このことはたしかに考慮すべきだ。そしてより洗練されたあるコミュニストが、わたしにこんな意味の説明をしてくれた――ブルジョア連中はすべて寄生虫や南京虫で、他人の手による労働にたかって生活している非生産的な人間どもであり、正当な報酬をツケにして棚上げし、その搾取行為によって自分たちの儲けを増やしているが、そんなブルジョア階級が、さまざまな形で存在している。

しかしブルジョアたちは、自分の仕事の面で限られた専門的な興味、すなわち仕事に関して創造的で完全を目指す社会主義的な感覚を持つ生産労働者たちではない。この区別は、偏狭な人間を示す表現ではなくて、わたしは十分気に入っている。なぜならわたしの経験を裏づけてくれるからだ。だが、このことがコミュニズムと矛盾したり抵抗したりしない別の感情や確信に、わたしを誘惑することは絶対にできない。もしコミュニズムの中にそのような専門家たち、実際に現代生活の資産として最も価値ある存在であるような人たちが大勢いるのだとすれば、そこには同様に、心情的にも現実生活でも、コミュニズムにとって最も悪い意味のブルジョア・タイプである個人がおびただしく存在するのだ。そして他方、ブルジョアの側にも、そのような専門家たち、労働と発展に励む人たちが無数に存在するのをわたしは見ている。このような人たちは、わたしがすでに述べたように数多く、コミュニズムが認めるよりもはるかに多数である。コミュニズムの主張によれば、この人たちは貴重で現代的だといわれるが、自身では明確な認識を持たないそうだ。この人たちの義務は、現代的な世界観を持つように成熟し、それによってブルジョア的な思考法の束縛から自らを解放することだという。十分に熟考したなら、必然的にコミュニズムに移行するに違いない、コミュニズムこそ価値ある現代人の権威あるタイプの現代的思想なのだから、という。ご覧のとおり、ここで政治面には一般的な混乱がある。コミュニズムを信じる一般大衆の中には、自分たちが実際にはブルジョアであることに気づかず自覚していない人たちが、非常にさまざまな形で存在する。それとは逆に、その対岸にあるブルジョアとされる一般大衆の中には、より理想的な契機において普遍的に人間的価値を求めながらもコミュニスト的に制限されている、明らかに積極的なコミュニズムの基準に合致する人たちが、多すぎるほどさまざまなタイプとして存在する。しかし、この人たちは不明で優柔不断であり、例外なく受け入れられるはずのより明快な原理と理想を示す唯一の現代的思想、すなわちコミュニズムを前に尻込みしているといわれる。だが、これらの人たちがコミュニズムの旗の下に赴かないからといって、なぜ思考と明快さを欠くとされるのか、わたしにはわからない。おそらくこれらの人たちにとって、コミュニズムは限りなく性に合わないのだろう。その理由はまさに、彼らは明快さを求め、人類の最良の理想をコミュニズムなしに達成することを決意したいと思い、実際に決意しているからだ。

コミュニズムは、唯一の現代的世界観ではないし、最も現代的なものでもない。そしてコミュニズムの今日のような独断的な形においては、信頼を求められるほど絶対的かつ成熟した決定的なものでもない。コミュニズムが望むように競争相手なし、ともならない。なぜなら、世の中には他にも複数の感情や思想が存在するのだから。それらのさまざまな流れは、プログラム的に組織的に形成されてはいないけれども、最も広汎な社会的発展の成果の中に存在する。ここには二つの陣営があり、両陣営の中に、コミュニズムが良質で活性的な人間的価値と認めているタイプがあるのをわたしは見る。わたしは双方の側に知人や近しい者たちがいるのを見ており、わたしが非コミュニズムの側に立っているとしても、それは混乱していたり、精神的に心地よいからではない。ここにはたらくのは、自分自身のため、人生のため、より良いものを求める信念のための、専門的で完成を目指そうとする興味である。それは、けたたましい警告や命令の声に聾《ろう》する耳を持たず、相手の側に燃える権力への戦いの火を映して輝く、かくも残酷な赤さによって盲《めしい》とならぬ目を持つことである。

そこでわたしはコミュニストではない。なぜならわたしは人間を愛するから、なぜならわたしはいかなる権力よりも、仕事に対してより大きな敬意と愛を持つからである。

わたしの目には、コミュニズムの側に多くの悪や害毒と思えるものが見える。しかしそれでも、コミュニズムの中にはこの世の悪や害毒に対する大きな警告も見える。この世は公正であることができず、人間にも労働にも、その成果にも、しかるべき敬意と愛を持たぬことに対して、嵐を呼び罰をもたらしているのだ。

政治的情熱

かつてはこんな時代があった（昔の物語で知られているように）。パリサイ人〔イエス・キリストと対立したユダヤ教の一派の人たち。偽善的だと非難された〕は神々しい夕方を畏怖し、自分のベッドに身を横たえ、一夜ぐっすりと眠り、朝になってから事件を知って、驚きながらも幸せな気分になったのだが、彼がよくおねんねしている間に、隣りの通りで大変な乱闘が起こっていた。彼は興味あるニュースを楽しく聞き、何かが起こったことと、気楽にもそれとは何の関わりもないことを喜んだ。

そう、物事は起こりつつあり、わたしたちがたとえそれにまったく関わりがなくても、世界は少しばかり先へ移っている。誰かが燻製の腿肉をきれいに平らげているその間に、ポルトガルでは反徒たちが老将軍を絞首刑にした。誰かが門口でパイプをふかしているその瞬間に、たとえば日本人の学者が狂犬病に対抗する血清を発見した。別の人が白新聞か赤新聞を、地方のニュースから広告に至るまで読み通しているその間に、宗教的政治勢力がさらに前進している、または火星人たちが、感知できないシグナルをわたしたちに送っている。

わたしたちが他の有用な、または無用な事柄に関わっているその間に何かよからぬ事が起こっても、わたしたちには何の責任も持てないことは、神のみぞ知る。あなたがまさに頭を痛め、溜息をついているその時に、どこか他の場所では、政治的意見の衝突のために人びとがなぐり合っている。あなたはその瞬間、こちらの側にも反対側にもいなかった。そしてあなたの党の仲間は、より多くなぐられたが、その代わりにもっとひどく相手をののしった。大きな事が問題になっていた、そしてあなたは現場にいなかった、いやそれ以上だった。あなたの党はその場で損害をこうむり、危険にさらされた。または、あなたが両足をぬくぬくとスリッパに入れながら、コロンブス〔一四五一―一五〇六。アメリカ大陸発見者〕のことか、チェコ人の最古の居住地について書かれた本を読んでいる時、どこかで誰かが恐ろしい弁舌をふるって、これ以上このままに事態を進行させることはできないことを説き、聴衆たちに内乱を起こすよう勧めている。ほら、その男の雄弁が成功したのだろう、その時から、言ってみれば、わたしたちは近くで起こった内乱による世直しの顕著な治療効果に接している〔ロシアの暴力革命についての皮肉〕。町中の通りは内戦によって活性化し、抵抗したり反対したりするすべての人が射殺され、斬り裂かれ、首を吊られ、革命委員会によって裁判にかけられ、世界には新しい正当な秩序が作り出されている。コロンブスの本を読んでいたあなたは、この革命、報復、そして新秩序のために何をしたのか？　何も、まったく何もしなかった！——だが結局、あなたの住んでいるここには内乱は存在しない。それはあなたの無関心と、あなたに似たような人たちの罪かもしれない。あなたたちは本を読んだり溜まった仕事を片づけたりして、例の集会には行かなかったのだから。

　要するに別のことに関わったり、ことの起こっている場所以外にいる人は、主として政治および正しい秩序を目指す努力の点で、パリサイ人、プチブル《シュピースビュルゲル》的な俗物になっている。しかも、そのような人たちは多数である。その人たちは生きていくためになすべき仕事を持っており、そのために世界が本当にもっとよい秩序の下におかれるよう、心から願っていることだろう。悪い条件や不備な制度を押しつけられて、いろいろと摩擦を起こしたりぎくしゃくしたりせぬように、と。不正が何も起こらぬように、すべてがその義務を果たせるように、と。なぜなら、人生は容易なものではないからだ。現実に、議会や諸委員会、代議士たち、改革論者たち、代表質問、いろいろな抗議、そしてさまざまな会合が取り扱うすべての事柄が、どこかでぎくしゃくする。それらには常に何かひっかかる点があり、ほとんどすべての個人が、何か自分の生活上の苦労とかもっとましな要求の面で、それらのひっかかる点のどれかを鋭く突っつくのだから。いろいろなことが、もっと手間がかからず、もっと実際的になってくれるとよいのだが。そうすれば、わたしたちの人生はもっとよく、なめらかに進んでいくだろうに。

それゆえ、ここで事態が少しでも進行するように、自らの力と生活能力を十分に振りしぼる必要がある。人はわが物事と義務にきちんと従事しなければならず、それらについて十分に考えねばならず、最終的にそしてともかく自分の使命に従って、世界と自分との関係を調整しなければならない。その関係は実のところ、主として願望または要請の形である。しかし、その願望と要請はすべて純粋に利己的で実際的であるとは限らず、多くは倫理的でさえある。自分の繁栄のために、世界が無秩序で不正直で邪悪でひねくれていて欲しい、と望むような悪党は、それほど多くはいないだろう。そしてわたしたちが前提とするのは、理性ある人間なら誰でも、これらの実際的で倫理的な要請を、この世界の成り行きのすべてに課しており、その達成のための努力を、自分にも他の理性ある人たちすべてにも要請している。単純で当然の課題は山とあり、それらが意図するのは、あらゆる人たちにとって差別なく生活が全体的に容易になることである。たとえば、歩行者であろうが自動車に乗った高級人種であろうが、すべての人にとってよい道が利用できることであり、あらゆる水道に衛生的な水が流れること、誰もが礼儀正しくすること、または郵便切手の裏ののりが良質であること、高級であれ低級であれ限りなく存在するそのようなことである。

つまり、一、現に存在する必要なものを維持するために、二、それを改善するために、日々努力すること。

そんなわけで、人は非自発的な政治的パリサイ人として、朝起きるとこの倫理的で実際的な生活に入っていき、普遍的な義務と課題に直面する。それらの一部は自分で引き受け、何かをしなければならない。それらは自分の眼前にあり、そのことをいささか意識してもいる。そしてコーヒーをかたわらにして新聞を読み、何か不思議な思いで、自分が協力しているものとはまったく異なるこの世のさまに目を落とす。そこにあるのは、たとえば、共和国を分割する必要があるという記事で、そう語った当のドイツ人の国会議員はさらに、この国の市民の大部分はそれ以外のことを何も考えていない、と述べている。または、共産党のある国会議員がこんなことを叫んでいる——わが国の警察は武器を持たぬ失業者たちを虐殺しつつあり、警官たちは自分たちの銃床でスロヴァキア人たちをなぐりつけており、そしてさらに、虚偽と暴力と不正のみが支配するこの世界は、全面的な崩壊の脅威にさらされているが、もしわれわれが何らかの価値ある存在ならば、まさにこの崩壊を喜ぶべきである——。そしてスロヴァキアの人民党〔ナチスと協力したファシスト政党。一九一八―四五年活動〕党員の主張によれば、雪どけの泥のような腰抜けスロヴァキア人は最大の悪党でスロヴァキアの敵である、なぜならスロヴァキアは力で解放されねばならないのだから、などなど。このような大げさな言説を、ほとんど毎日読むことができる。すべてが非常にもっともに聞こえるので、それに耳を傾けるであろう人は、実際にこの惨めな地域から逃げ出して、どこか月の世界にでも行ってしまおうとか、誰かを猛烈な勢いで殺してそのまま姿をくらまそうとか考えることになる。だがそうしたら、きちんと正直に働くことは完全にできなくなるだろう。

もちろん、このような言説はまったく的を射ていない。それはただ熱烈な、政略と演壇での効果を計算した上での話である。しかし実際に、そのような熱烈な演説家によって代表される一般の人たちは、その代表者たちよりも、もっと具体的でもっと大切なことを仕事にしているのだ。たとえそれが、木を植えることや道に砂利を敷くことや、靴を縫うことであろうとも。それゆえこの点で、彼らとはだいぶ異なっている。きっとわが国のこの国会は、人間の生活と仕事について正しい情景をとらえていないのだろう。そして、きまってその情景は倫理的なきびしさではなく、ずっと多くの場合、政治的な情熱についてのものであり、それは生活の重要な本質とは非常にかけ離れている。たとえば、国家予算をめぐって交わされる言説を目にしてみると、そこではきっと、あまりにも多くの政略を読まされるが、経済についてては非常にわずかである。国会議員たちは、自分の選挙民たちの一般的な人間としての必要とか利便よりも、むしろ情熱を代表している場合が多く、そしてまた、自分たちの大言壮語によってそれらの情熱を掻き立て呼び起こしているのだ。

多くの議員たちは、その情熱的で危なっかしい演技を、自分の選挙民に対する義務としているのだろう。そして選挙民たちも、政治の中に生活よりむしろ情熱を求めている。しかし、もっと時間が経ったなら、最も情熱的な人たちにとってもこの情熱はいささか過剰になって、余分だと思われるようになるだろう。それとも、このような状態はまだ長く続くのだろうか？

見えざる死

正直に言って、このテーマはきれいなものではない。このようなことについて考えるのは気が乗らなかった。そして考え始めても、楽しい気分になんてなれない。この問題を楽しい気分で考えられるのは、ただ軍事発明家たちだけだ。彼らが楽しいのは、何か特別にすぐれた殺人手段について巧みに思いつき、その仕事がうまく手っとり早く処理される時である。戦争の本質は死の製造であり、それは一般的な技術と同様に天才的な発明を必要とする。そこで、多くの敏活な頭脳が昼も夜も死について、すなわち死の生産について考え、さまざまな手段がこの生産にできるだけすぐれた貢献をするよう努力することは、少しも不思議ではない。この仕事も人間の熱心な仕事のすべてと同じように達成され、しばしばわたしたちに新しい未来を開いてくれる。

先日ドイツで起こったことだが、ある軍事研究所で青天の霹靂《へきれき》のように十二人の労働者が死んだ。その研究所で開発された実験段階の、特別な目的の戦争用毒ガスのためである。それらの死せる労働者たちは、自身の生命に対し十分な注意を払うことができなかった。新しい毒ガスは完全に無色、無味、無臭なのだから。そのことが戦争の際に有利であることは、議論の余地がない。そのような天才的な手段によれば、襲われる敵は確実に生命が奪われることにまったく気づかない。

その労働者たちもガスに気づかず、しかもこの戦争用の新製品のために、確実に、穏やかに、そして興奮することもなく死んでいった。色も味も臭いもなく死をもたらすものを呼吸しながら。そのガスはとても致死性の高いものだったから、労働者たちは実際に自分が死んでいることに気がつかぬほどで、死にながら冗談を言ったり政治を論じていたかもしれない。そう、その死は不快な性質をまったく何も持たぬものだったから、今日でも彼らは死んだことがわからず、自分の死（それはすべての委員会によって確認された）をいつ意識することだろうか。

この新しい死はまことに人道的である。それは被害者に、危害に対する恐怖の苦しみを何ももたらさず、人生を惜しみながら死んでいく暇さえ与えないからだ。つまりこの点において、あまりにも洗練されている。問題をつきつめて考えてみれば、戦死の場合、このような見えざる死を選ぶか、またはもっとなじみのある昔ながらの目に見える死のほうがよいのか、どちらにすべきか人はわからず思い迷うことになる。もしもより高度に軍事的な、国家経済的な、文化・文明的な観点から、確実にできるだけ実際的に殺されるべきであるなら、その目的のためには、この上なく悪臭を放つ、ひどい味の、肺やはらわたに噛みつき引き裂くような、何か醜悪な暗緑色のガスのほうが好ましい。目に見えぬ姿で人を殺していくあのような恐ろしいものは、決して望まれないことだろう。最後の審判の阿鼻叫喚と轟音とともに、わたしたちの体から肉がもぎ取られ、骨が砕かれるようにして欲しい！　わたしたちの血が高く噴き上がり、天空全体を染めるように！　そうすれば、わたしたちは少なくとも自分たちが殺されていること、そして死につつあることがわかるだろう。わたしたちは事実を認識し、うめき、ののしりつつ死んでいくことができる。死は咆哮したり警戒音を発したりする、すさまじいものであれ！　いかにしても慄然たるものであれ！　目に見えるものであれ！

非常に真剣に、あらゆる破壊力を極力利用して、人間は死を生産してきた。しかし人間は、死の生産を自分の職業とすべきではなかった。人間によって生産された死は、呪わしく邪悪で、血なまぐさく残忍で、聖書に出て来る弟殺しのカインの棍棒のように荒々しくなければならない。しかし目に見えぬものにしてはならない。どこで、というなら、すなわちここで、軍事的な発明は断固として躊躇なく停止すべきだろう。

なぜなら見えざる死は、人間的な残酷さの面でも、あまりにも洗練された発明であるから。実際に次のようなことが起こり得る（そして間違いなく起こるだろう）――非戦闘員である住民たちも、塹壕にへばりついているわけでもないのに、見えざる死の手にかかってそれとも気づかずに、だが軍事計画の高度な戦略的目論見《もくろみ》に従って、死んでいかねばならない。ちょうど子供にパンを切ってやっていた母親が死んでいくだろう、子供にパンを与えようとしている時に死ぬだろう。その子供は片足でスキップし、切り取られたパンに手をのばしながら、不意に片言のおしゃべりをやめ、手を下に落とし、そして死んでいく。生命に満ちた言葉の最中に人々は死んでいく。死人たちは自分が生きていると思っている。死人たちは生活を、行為を、そして生きることの意識せぬ心地よさを言葉にすることを続けている。そこでこんな場所には、間髪を入れず勝ち誇った敵が侵入し、これらの自覚なき死者たちのすべてを、あらためてかつ補足的に、銃床でなぐりナイフで刺して殺してやることが必要であろう。これらの死者たちは、死んでいるにもかかわらず、まだ自分では生きていると考えているのだから。

政治的な旅でのデザインと描画

この題名は、多くの楽しみを約束するようには見えないが、それでも初めから辿っていけば、題名だけで十分だという多くの読者が、一目見ただけで怖がるほど小難しいものでは絶対にないだろう。

さて、初めから辿っていくとすれば、今の時代にオーストリアの国内に足を踏み入れた旅人は、高い山々の雪を頂く峰々や、アルプスの湖の数々、民族的木造建築の美しい景色を楽しみながら、自然の美の中に最初はまったく気づかなかった何かが絶えず入り込んでくるのをしばしば感じる。それはしばらくしてようやくやって来るのだが、ともかくもある程度広い石造りの壁のすべての表面に小さな絵が描かれているのに絶えず出くわすのだ。その絵について無邪気に考えてみると——なぜかは謎だが——たぶん割れた窓に違いない。たしかに窓だろう、ほかのものではあり得ないだろうから。だが、石の塀や壁の中に、大きな岩は言うまでもなく断崖絶壁の上にまで窓を作ってどうするんだ？　そんな所に住んだり、通り過ぎる旅人のために何か店を開きたいと考える人なんていないにきまっているのに。だが、次に示すように構成された図形は、窓以外の何を意味し得るだろうか？

そう、おそらく窓だろう。しかし、窓というものは農家の納屋でも牛小屋でも、普通は垂直になっているものなのに、それらに描かれている窓は、道を行けば行くほど数多く見られるが、一般の習慣に反して斜めになっている。

ふむ、こんなふうならまったく窓とは言えないのだが、いまいましい、いったい何だというんだろう、と旅人は悩む。自分の国でも他国でも、これまでにこんな標識は見たことがないぞ。これは何かまったく特別な地方的な習慣に違いない、ほとんどすべての建物に、礎石

にさえ描かれている。そしてほら、大通りにも真四角や菱形がびっしりと描かれているぞ、これは相当にきびしくかつ余計な仕事だったに違いないけれども、実のところ、特別な美しさは少しも加えられていない。

◆　■

ふむふむ、旅人は不思議がる、こんなものはまだ見たことがないな。何か説明するものがないかと思い窓を見渡すと、突然そそり立った絶壁の上、挑むことはほとんど確実に死と結びつくその表面に、巨大な卐があることに気がつく。

卐

ああ、これでわかったぞ、幸いにも突如、確信を得た——ハーケン・クロイツ〔鉤十字。ナチス・ドイツの印〕

だ！　全国民がこの図形に専念している。ある人たちは描き、別の人たちはまた塗り潰しまくる、それは小さな仕事ではあるまい！　面という面はどこも落書きされ、そして塗り潰される。大通りはある程度平坦なら描かれる場所となり、無限にびっしりと描かれるので、双方とも実際、とても犠牲的な仕事に献身しなければならない。石灰で描く仕事をするハーケン・クロイツ愛好者たちと同様、夜間作製されたすべてを黒いアスファルトで塗り潰すために毎日苦労しなければならぬ道路補修者たちも。

　絶えざる仕事は、もちろん熟練と奇想を進展させるが、それも珍しいことではない。特に、国家奉仕の仕事に従事する進歩的な図案家たちは、ハーケン・クロイツについてトリックを発見した。それは悪しき標識を克服することに百パーセント成功している。すなわちこんな形に描かれるが、これがただちにオーストリア連邦の十字となる——まさに今日、あらゆる国家・共和国の中で、他のすべてに冠たる国〔ドイツ国家の歌詞にちなむ〕が、描画とデザインの精神を鼓吹しているのだ（原文テキスト破損）。そして、このような才能を呼び起こせるのが政治なのである。

V　強制収容所からの詩

五年間

黒く忌わしき五年の歳月、
心の痛む苦々しき五年間、
おお、苦難に満ち呪われし日々よ、
悲しみと嘆きのこの幾年《いくとせ》よ！

わが生けるは人生にあらず、
はたまた死にもあらず、
生きながら墓に葬られて、
見棄てられし囚われの身なり。

今日にて五年目は終われり、
捕らわれ縛《いまし》められてより。
何人《なんびと》をも殺すことなしに、
何人《なんびと》からも盗むことなしに。

人を殺《あや》めることも物を盗むことも、
重き罪を犯すことも要せずに、
われここに苦しむは、ただ祖国のため、
自らの生まれし地のため、

われらが人々、われらが国のため、
悪業、罪悪のためにはあらず、
かくしてわれは捕らわれ幽囚の身たり。
——願わくはわが消え去らぬことを、

自由が嵐のごとく飛び来たりて、
救いをもたらさんことを、さすれば
われは知る、わが苦難の無ならぬことを、
いな、わが人生の無ならぬことを！

生のどん底に

生のどん底にわたしは居た、下の下の、最低の場所に、
そこではあらゆる物の間に、恐怖と死の間に、もはや何の境目もない、
昼にせよ夜にせよ、春の魅惑でも冬の鋭い爪でも、そこに区別はなかった、
そこではもはや、生の中味も形もない、善の力はなく、むしろ呪いと罰がある、
夜にせよ昼にせよ、春の愛らしさでも夏の心地よい暑さでも、そこに生はなかった、
もはや生の形はなく、その永遠の始まりではなく、永遠の破壊だ。

生のどん底にわたしは居た、下の下の、最低の場所に、
だが今、たとえ疲れ果て老いさらばえているとしても、
わたしはまた昇って行きたい、生の高みで生きて行きたい、

そこでは生は平和で善で、心地よい賜物であり、
もはや生は孤独や苦しみや恐怖ではない、地獄や呪いや糾弾では決してない、
そこでは生は永遠の始まりであり、永遠の破壊ではない、
そこへまた昇って行きたい、生の高みで生きて行きたい！

囚われ人　ブーヒェンヴァルト強制収容所
（1939–42年収容。この期間に制作）

一九四四年霜月

湿り気《け》、寒さ、陰鬱な空、
朝早く十二の柩が運ばれた、
凍てつく、魂まで凍てつく、
鳴き声とともに烏どもが舞い上がる、
監獄の上空に、監獄の背後の
霧の中には何もなし、ああ荒寥！
吹く風に枯葉が宙を舞っていく、
きみは回想にふけり、そして悲しむ……

汚泥、不毛、霧、雨——

九月――十月――十一月――
きみは回想にふけり、そして悲しむ、
秋をかつてはあれほど好いたのに……
夏のバラ、今はいずこ、いずこに、
五月の希望、今はいずこにありや？
寒さにちぢかみ、もはや消え失せた――
失いしものを、きみは取り返せぬ、
きみの人生の秋は苦しみと荒寥……
まことに苦しく耐え難い、
苦《にが》き盃を底まで飲みほそうとは。
ああ、生きてかくも苦しまぬよう！
いつの日かまた立ち上がれるだろうか、
この痛み、この卑下の状態から？
希望はあるか、もはや失せたか？
――時はいかに止まり、いかに飛び去ることか！

きみは回想にふけり、そして悲しむ……

こちらへあちらへ

こちらへ、あちらへ、独房の中、こちらへあちらへ、
この旅には出発点も目的地もない、
ただ七歩だけ、こちらへまたあちらへ、
窓からドアへ、ドアから窓へ戻ってくる、
こちらへあちらへ、どこからでもなくどこへでもない旅、
そして歩きに歩き、思考をめぐらせる、
そして何も考えつかず、どこへも行きつかない。

理性はきみを悲しみから守ってくれない、
きみの周囲のすべてが悲しみだから、

悲しみを見、聞き、味わい、手に触れているから、
愛は嘆きで、信頼と希望は苦痛なのだから、
悲しみの住処《すみか》に直接住んでいるのだから、
何でこの場で悲しまずにいられようか？
理性はきみにその虚偽をいかにか探し求めさせ、
おそらくきみにこう言うだろう——さまよえ！
それは何にもならない、そこから何が判断できよう、
それだけめぐらす思考に何の価値がある？
わたしは、理性よ、そこから何も作り出さない、
こちらへ、あちらへ、独房の中、こちらへあちらへ、
何も考えつかず、そしてどこへも行きつかない——

ふたつの絵

あのように青い
あの大空のような、
あのように青い絵を描きたい、
子供の青い遊びのような、
家庭のほのかに青い煙のような、
喜びや幸せがそうであるような、
忘れな草の花のように青い、
ツグミの歌の調べのように青い、
アイリスと釣鐘草が花開くとき、
また数多くの青い歌がある、

愛する女《ひと》のリボンもそうだった、
晴れた日の川や湖の水もまた、
あのように青く透き通っている、
はるか彼方にやさしく姿を隠し、
陽気な声を谺《こだま》させるもののように、
さまよい歩きたい森のように青い、
平和と安らぎと調和のように、
そして誠実さと善意のように、
そして魅惑と同情のように青い、
遠い思い出の花もほのかに青い、
クローバーの上を飛ぶ青トンボのように、
白雲を浮かべる大空のように、
わが頭上の空のように青い、
自らの紺碧の栄光に酔うあの大空！

そしてもうひとつ絵を描きたい、
その画面には花輪、花束を置きたい、
ただただバラの花だけのものを、
とりわけ赤いバラ、白いバラを、
そう、それだけで他のものはいらない、
ただ赤いバラ、白いバラだけでよい、
予期せぬ喜びのように真紅の、
平和、慰め、安らぎのように純白の、
祝賀のように赤いもの、そしてまた、
静かで敬虔な幸福のように白いもの、
愛の熱情、思慕の情のように深紅の、
充足、救済への憧れのように純白の、
安定のような純白、そして激情のような、
血が燃える決意のような真紅、
両者伴って大いなる栄誉のよう、

この上なく熱き願いが満たされた後の
喜びと感情の叫びのよう、
そして邪悪と痛みの多くの試練の後の
祝祭、すべての祝日のようだ、
——しかし喜びもまさに悲しみも、
バラのすべての場所で見られるだろう、
バラの間にすでに描かれているだろう、
人生の喜びとそしてまた人生の痛み、
いとしい思い出と同様に恐ろしい行為、
幸せな光景と絶望の絵図、
望みのなさ、悲しみと最高の悪、
そしてまた人の生のなつかしさ、
平和の優美さとは何か、戦争の狂暴とは何か、
それらすべてが絵の中に描かれるだろう、
自らの役割、歴史の流れが与えるのは何か、

それらすべてを絵の中に含めたい、
あたり一面バラの花輪の情景の中に、
獄中でわたしはそんなことを夢見た。

弟を偲んで

きみよ、死せる人よ、きみはぼくのことはもはやわからず、気にもかけず、知りもしない、
きみはもはや兄がいたことを思い出すこともない、
いや、もはや何もきみを苦しめず、何をも嘆くこともない。
哀悼せねばならないぼくのようには。ぼくは生きてはいるが不幸せで、
ただきみを愛の中で思い出すのみ、愛の中で、ああ、そして悲しみの中で、
ぼくは、弟よ、きみを失って残酷にも知った、そう、知るのだ、
憧れと悲痛がどのようなものかを。それはただ生ける人たちを苦しめるのだ、
その苦しみを死せる人たちは知らない！　死せる人たちには生も世界も
何でもない、そう、もはや何でもない、悲惨な日さえも、
しかしぼくには、生は苦難だ。きみよ、死せる人よ、もはや気にかけずともよい、

囚われの中の生がどのようなものか、自由を奪われた苦難がどのようなものかを——
——いや、もはやきみを苦しめるものは何もない、何をも嘆くことはないものを！

わが妻に

乙女の姿のきみをいつも目の前に見ている、
今日もまた乙女の姿のまま。
その恥じらう魅力を、かしげた小首を、
なつかしく熱き愛に満ちたわが青春の夢を。
運命よ、かの女《ひと》をわが運命の人となせ、
ただ一人の人を、ただ一人の人を！

きみよ、わが古き愛よ、わが新しき愛よ、
われら二人は互いにとって運命の人。
一生の間きみは、わが妻よ、われと共にある、

いかなる時にもしっかりと結ばれている、
天国の門であろうとも、地獄の入口であろうとも、
わが唯一の人よ、わが唯一の人よ！

わが娘へ

わが娘よ、わが子よ、今にして思えば、
きみに十分話したことがなかった、
どんなにきみを愛しているか、どれほど
きみのことを心配し願っていたか、

幸運があらゆる悪から今もいつでも、
きみを守り幸せにしてくれることを。
心配と愛と喜び、さらなる喜び、きみへの感謝、
年毎《ごと》にそして家族の祝いの日毎《ごと》に。

だがその分だけ辛《つら》いのは、別れと寂しさ、
そして以前に通わせなかった心への憧れ。
残酷な戦争がわたしたちを切り離したのだ。
互いに別れて何年暗く寂しく送ったことか！

どんなにきみを愛しているか、十分話したことがなかった、
きみはぼくの血の一部、いやわが魂の一部だ、
だがきみのすべてを、どんな人かを十分に知らない、
やさしく気遣いながらきみを愛すること以上はできないのだ！

大いなる旅立ちを前にして

きびしき時間、きびしき日々よ、
選択はなく、決定もできぬ、
暗さのまさる、最後の日々よ、
きみらは生の日々か、はた、死の日々か？

生に帰るか、死に呑まれるか、
——旅路のはてに待つのは何か？
行く人は数千、孤独にはあらず……
幸せを摑み得るか、はた摑み得ぬか？

大いなる旅立ちの日は来たりぬ、
――かねてよりその覚悟の下《もと》に。
生か、はた、死の取り入れか――
――いざ帰りなん、ふるさとへ
――帰りなんいざ、ふるさとへ！

編訳者解説

本書は、チェコの画家・作家として有名なヨゼフ・チャペック（Josef Čapek 一八八七―一九四五）の数多い短編作品の中から、適宜に選んで編集・翻訳したものである。ただし、内容的には既刊の拙訳『人造人間――ヨゼフ・チャペック エッセイ集』（平凡社、二〇〇〇）を基盤にし、新たに翻訳した詩を含む諸作品を加え、平凡社ライブラリー版として再構成した。

周知のごとくヨゼフは、世界的に有名な作家カレル・チャペック（Karel Čapek 一八九〇―一九三八）の実兄であり、カレルの初期の諸作品の共作者として、またその後のカレルの諸作品の挿画や装幀の担当者として、さらに実生活での助言・協力者として、カレルを支援した。ヨゼフの経歴と主な著作については、巻末の略年譜（前記『人造人間』収録のものを増補改訂）を参照されたい。以下、本書の収載作品について検討する場合、ヨゼフの経歴と当時の社会状況を合わせて考察されることが望ましい。

ヨゼフ自身もカレルに劣らず多才だった。大枠では画家・作家とされるが、純然とした絵画以外にもグラフィック・デザイン、書物の装幀、挿画、カリカチュア、舞台装置など、商業美術の分野でも活躍した。作家としても、小説、詩、童話、戯曲、エッセイ、新聞用コラム、芸術批評、芸術史などの諸ジャンルで多くの業績を残している。また、一九一〇年代のヨーロッパにおける各種各様の社会的・芸術的思潮を背景にして、いくつかの芸術運動にも積極的に参加した。芸術家であると同時にジャーナリストとして、社会的な問題にも深い関心を寄せ、勇気ある発言を惜しまなかった。この点でもカレルと同様に高く評価されている。

画家としてさまざまな色と形を追求したヨゼフは、作家としても文章にかなりの技巧を凝らしている。ヨゼフの文は比喩や風刺に富み、古典などの援用もあり、時にはペダンチックとさえ感じられるが、一種の魅力を持ち、愛好者も多いようだ。

もちろん高い評価は表現だけではなく、内容に関しても与えられている。ヨゼフの目は、さり気なく現実を直視しているのだ。特に新聞用コラムの多くは、実存的な人間と、人間が内包する魂との関係をえぐり出し、言葉として伝える。その基本にあるのは人間性の尊重であり、この点でもカレルとの共通性が見られる。

初期に共作を中心に活動したヨゼフとカレルは、文体の点で似た要素を共有しているが、それぞれに個性的でもある。この問題に関する研究は数多く、興味をそそる。ヨゼフの文体もしくは文学的著作については、カレルの場合と同様に多様性が見られ、ヨゼフの画風が多様に変化したこととの並行性が指摘されている。そのためか、ヨゼフの作品を集約すれば、芸術上の諸イズムや諸流派に通じるとさえ言われた。なお、ヨゼフの作品全体にわたるライトモチーフの一つとして、旅（＝道）[*1]の存在を重要視する論評があり、本書収載の作品中にも通底するものが感じられる。ヨゼフは自分の人生の旅路で出逢う現実を独自の視線で把握し、熱のこもった独自の反応を示しながらも、知性を失うことがなかった。

ヨゼフの日本での紹介は、カレルとの共作劇『虫の生活』（略年譜参照）が最初であろう。以後はカレルその他チェコの作家の著書の装幀やイラストで知られ、画家としてはかなり広く認知されたが、作家・ジャーナリストとしての活動はほとんど未知の状態だった。カレルとの共作や新聞・雑誌などの掲載分を除けば、ヨゼフの作品が出版されることは稀である。実際にヨゼフ単独の文学的著作として翻訳・出版されたものは、『こいぬとこねこはゆかいななかま』[*2]（童心社、一九六八）、『さあ、みんなおはなししよう』[*3]（童心社、一九七九）、『ひいおじいさんと盗賊の話』[*4]（フェリシモ、二〇〇九）の童話三冊と、前記のエッセイ集『人造人間』以外には存在しないようである。童話の多くは、娘のアレナに語ったものが元になっていると言われ、子供たちへの愛情が実感される。本書中の「女の子の父親たち」は、冗談めかしたイラストを交えながら、父親としての責任と不安を描き、最期を迎えた強制収容所の中でさえも娘に対するその切ない気持ちを吐露した。辛辣な批評家が家族想いの一面をのぞかせたと言えよう。弟のカレルを偲ぶ数々の文章や詩も、その点を強く印象づけている。

ヨゼフは自分自身の職業については、画家とジャーナリストに二分し、前者は人生の意味と、後者は人生の基礎と関係すると考えていたらしい。もちろんこの両者を機械的に分けることなどできない。そして画家としての才能とジャーナリストの鋭い感覚が合体した形の一つが社会的・政治的風刺画となる。ヨゼフは特にすぐれた風刺画家だった。本書中の「社会主義者の乗り物」のイラストなどはその一例である。次に示すスペイン内乱中のファシストによる市民の殺害図「なぜだ！」(図1)、ナチスに対する批判「ヒトラー教育の基礎」(図2)、「独裁者の長靴」(図3)、「見捨てられ略奪されても、破れはしないぞ！」(図4)[*5]も強い印象を与える。

チャペック兄弟の作品の特徴の一つに、アフォリズムの多用がある。この傾向は、早くも初期の共作『クラコノシュの庭』に示され、男と女、人間と動物などについてのアフォリズムが二章に分けて記されている。[*6]同書は全体的に掌編集とでも呼ぶべき作品だが、兄弟の散

図 1

図 3

図 2

図 4

文の基調を示すものであり、風刺、ユーモア、機転などが前面に出るけれども、それらの背後に倫理的・哲学的思想が潜んでいる。

思想の面で、ヨゼフの場合は『跛行の巡礼者』と『黒雲への手記』が注目すべき著作である。前者は架空の精神的遍歴書で、さまざまな思想家・作家の言を引用した内面の対話を主体とし、それを重い足と心を引きずりながらさまよい歩く巡礼の旅になぞらえている。後者の自筆原稿は黒表紙のノート四冊に書き込まれたもので、コピーを見ると書き直しや抹消も多く、思索の跡がそのままに残されている。内容は哲学的随想や警句の他に、日記的な要素も多く、当時（一九三六―三九）の情勢の一部を知ることができる。そしてこの著作は、ヨゼフがゲシュタポに逮捕・拘禁される前の、最後のものとなった。[*7]

ヨゼフの生涯で最後の作品は、もちろん『強制収容所からの詩集』[*8]である。きびしい監視の目を盗んで手書きされた詩は、周囲の協力者たちによってタイプ打ちされ、ひそかに持ち出された。散逸した分もあると思われ、翻訳詩七編を加えて、百三十編が収録されている。内容的には収容所生活のきびしさ、悲嘆、自由への願いなどが主なテーマであるが、家族への、特に弟カレルへの想いを込めた詩も数編ある。その他に目立つのは「五年間」という題の詩が三編もあることで、幽囚の歳月の長さを感じさせる。詩の形式は四行一連の定形が大半を占め、それぞれに脚韻を踏んでいるが、一部に行またぎ、連またぎも見られる。

*

前記のように、ヨゼフの文筆活動は広汎で活発であった。本書では主にジャーナリストとしての作品を選んだ。また、内容によって五部に分けたが、厳密なものではない。全体として一般的な読者を想定したものであるが、日本の読者にとっては文化的にも時代的にもまったく異なる環境での著作であるから、蛇足気味ながら多少の説明を付けておきたい。

第I部の「人びと」は、著者自身とその周辺の人びとについてのエッセイである。当時のチェコの日常生活や職業生活の中で、人びとがどのように関わり合っていたかの観察記で、一部には家族や故郷への熱い想いが述べられている。なお、「舞台の準備」はカレルの著作の一部（略年譜参照）に組み込まれたもので、華やかな舞台の裏での人びとの生態が描かれており、ヨゼフ自身の職業生活を想像させる。サボテン愛好家や女の子、また舞台関係者たちのイラストはユーモラスであるが、自分自身についての文章はやや韜晦《とうかい》的で、黒雲を背にして飛ぶコウノトリの姿が印象に残る。

第Ⅱ部の「社会」は、それぞれ社会問題と関係するもので、深刻な現実と自己責任、さらに民族性の問題にも触れている。死刑についての発言は格段に倫理的で、「民族的情念《パトス》」に感じられる一種の自己批判は、いわゆるインテリによく見られる傾向であろう。「進歩とキャンディ」は宗教衰退と結びつけられ、「大きなミミズ」は現代社会における都会の住居問題を想起させる。

第Ⅲ部の「技術と芸術」は、二十世紀初期にイタリアから起こった「新しき宗教」、すなわち未来派運動（一一〇頁の訳注参照）およびそれに触発された作品「人造人間」を中心とする前半と、かなり本格的な芸術論の後半に分けられる。前半が人間の技術的進歩とその影響を論じているのに対して、後半は人間の魂、民族の精神に訴える芸術の重要性を指摘する。「人造人間」は、カレルの『ロボット』と混同されやすい題名だが、内容的にはまったく異なり、人間そのものと機械との融合をテーマとした作品である。いわば人間改造またはサイボーグ論として、現代にも通じる論議である。さまざまな画風画法による著者の多種多様なイラストを交えて、人間改造の歴史を辿り、各所で人間のあり方を批判する。当時の思想状況のため、やや難解な点もあるが、娯楽的要素も含んだ新聞連載作品である。ついでながら、「ロボット」という単語の本当の創案者はヨゼフであった。カレルのコラム記事「ロボットという単語についてO slově robot」（『リドヴェー・ノヴィニ（人民新聞）』一九三三年十二月二十四日）によれば、「この単語を考え出したのは戯曲『ロボット』の著者ではなく、著者はその単語を具体化したに過ぎない」。すなわち、カレルはある時、劇の材料として人造人間の労働者を思いつき、何と命名したらよいか迷い、ちょうど絵を制作中のヨゼフの所へ行って相談した。「ラボル labor〔英語にある形だが、本来はラテン語〕と呼ぼうと思うんだが、何となく作り物みたいな気がする」というカレルに、腹が立つほど素気なく応対していたヨゼフは「それじゃ〝ロボット〟はどうだ」と答えた。カレルはそれを採用し、「苦役」と関係するこのスラヴ語が世界中に伝えられることになった。カレルはこの記事の最後に「〔借りを感じていたのだが〕これでロボットという単語が本当の創案者に帰属されることになる」と述べている。そんなわけで、絵を描き続けていたヨゼフが「絵筆をくわえながらもぐもぐと口にした」この単語が、二十世紀最大のキーワードの一つとなったのである。「人は芸術から何を得るか」は、芸術の本質についての熱烈な論議で、結論的に「芸術は人生そのものだ」と主張する。ヨゼフの芸術論は他にも多く存在するが、ヨゼフの基本的な考え方を知る手がかりとなる。「生きている伝統について」は、題名通りの内容であり、芸術における「伝統は民族の人格と創造的芸術家の人格の表現」だと主張する。同時に、世界的にも高い水準であるべきで、閉鎖的であってはならないことも説く。いずれも論旨は明快で、理解しやすい。

第Ⅳ部の「政治と戦争」は、チャペック兄弟の生きていた時代を貫く重要なテーマで、兄弟の作品の多くがこの問題と直結する。まず「アララト山からの下山」は、第一次世界大戦を旧約聖書の「ノアの洪水」にたとえて、生き残った自分たちの歩むべき道を模索し、以後の人生を見通そうとする。この態度、大戦後のいわゆる不確実性の時代における一種の倫理性が、ヨゼフの一生を貫いているとさえ思われる。「社会主義者の乗り物」は、当時のロシアのプロレタリア革命の成功を受けて、世界各地で高まった社会主義政治運動に対する批判である。血なまぐさい革命を背景に、意気揚々と馬を乗りまわす社会主義者の戯画は、安易な社会的風潮に対する抵抗精神の表現でもある。実際に、チェコでも共産党寄りのアヴァンギャルド芸術運動が盛んだった。身近に左翼人たちの言動を見聞きしていたヨゼフは、その本質を見抜いていた。同様の考え方は「わたしはなぜコミュニストでないのか」ではるかに精密に述べられた。この記事は、週刊紙『現　在《プシートムノスト》』のアンケートに応じたもので、チャペック兄弟など十人が答えを寄せている。特に有名なのがカレルの文章で、日本でもすでに『いろいろな人たち』（平凡社ライブラリー、一九九五）に収録された。ヨゼフの文と比較すると、カレルが「自分の良心に従って」コミュニズムを否定するのに対して、ヨゼフはより明確に

「人間を愛するから」「権力よりも、仕事に対してより大きな敬意と愛を持つから」と述べ、それでもコミュニズムがこの世の悪に与える警告には注目している。「政治的情熱」では、政治家たちの情熱の空虚さを皮肉り、「見えざる死」では、戦争の本質は「死の生産」であると定義し、後のナチスの非人道的な毒ガス使用を予見する。この予見性は、「政治的な旅でのデザインと描画」（二三一ページ）に見られるように、ナチス・ドイツの潜在的な支配力を、デザインと描画の形で感知する能力につながっている。

第V部の「強制収容所からの詩」は、一九四二年の年末あたりから書き始められたと推測されている。冒頭にカレルへの想いをこめた長い追悼詩を置くこの詩集については、もはや多言を要すまい。罪なくして幽囚の身となった苦しみと悲嘆、戦争への恨み、家族への思慕、自由への憧れ、そしてチェコの国旗の色でもある青・赤・白の三色組《トリコローラ》の絵を描きたいという夢、それらすべてが凝集された魂の叫びとして訴えかける。ヨゼフは青を特に好んだようで、この色に何を託したのだろうか。

ヨゼフ・チャペック、この稀有な人物について語るべきことはまだ多く残されている。日本語で読める資料は少ないが、その一部を次に挙げておく。これらは本書を含めて互いに補足的であり、ヨゼフの全体像に近づくために参照くだされば幸いである。

阿部賢一「ヨゼフ・チャペックと《慎ましい芸術》」『カレル・チャペック 1890–1938
その生涯と時代』没後七〇周年展、北海道大学総合博物館（その他）、二〇〇八年一〇月
阿部賢一「ヨゼフ・チャペックと戦争」『チャペック兄弟とその時代』日本チェコ協会
（その他）、二〇一七年三月二五日
飯島周「人造人間と強制収容所——ヨゼフ・チャペック生誕百年」『みすず』一九八七
年七・八月号　みすず書房
飯島周「作家としてのヨゼフ・チャペック」『チャペック兄弟とその時代』（前出）
飯島周（編訳）『人造人間——ヨゼフ・チャペック エッセイ集』平凡社、二〇〇〇年
井出弘子「訳者あとがき——ヨゼフ・チャペックの作品とその生涯」『こいぬとこねこ
は愉快な仲間』河出文庫、一九九九年
（なお、弟のカレルとの関係は非常に密接なので、カレル関連の資料も重要である）

注

＊1——チェコ語で「旅」と「道」は cesta で、同じ単語である。

＊2――原書は *Povídání o pejskovi a kočičce*, 1929. 一九九九年に『こいぬとこねこは愉快な仲間』と改題され、河出書房新社から再刊。その後さらに、木村有子訳『こいぬとこねこのおかしな話』（岩波少年文庫、二〇一七）が刊行されている。

＊3――原書は *Povídejme si, děti*, 1954. ヨゼフの没後に編集刊行されたもの。

＊4――原書は *Dobře to dopadlo aneb Tlustý pradědeček, lupiči a detektivové*, 1932. 音楽入りの劇。

＊5――英仏がナチスと妥協して結んだミュンヘン協定により、チェコがドイツに領土を割譲せざるを得なかったことへの抵抗図。

＊6――たとえば次のようなもの。「女性についてアフォリズムを書くことは、女性から衣装を剝ぐ肉感的な悦楽である。女性についてロマンを書くことは、女性に衣装をまとわせる肉感的な悦楽である」

「動物にとって何と恥ずべき仕事だ、人間の役割をするなんて！」

＊7――この手記は次の文で終わっている。「――もう十分だ。人生は書かれるものではない。生きられるものだ」。一見絶筆のようだが、編集者によれば、さらに書き続けようとした痕跡があるという。

＊8――原書は *Básně z koncentračního tábora*, 1946. 一九八〇年詩画集 *Oheň a touha* に組み込まれた。なお、「大いなる旅立ちを前にして」はこの詩集の最後におかれている。

ヨゼフ・チャペック略年譜

一八八七年　三月二十三日、東チェコのフルノフの町に、医師アントニーン Antonín（一八五五―一九二九)、その妻ボジェナ Božena（一八六六―一九二四）の長男として生まれた。上に姉ヘレナ Helena（一八八六―一九六一）がいた。一家は間もなく近くのマレー・スヴァトニョヴィツェに転居。弟カレル Karel（一八九〇―一九三八）は同所で生まれた。

一八九〇年　一月九日、カレル誕生。同年一家は近くの町ウーピツェに移住、ヨゼフは同地の普通学校、市民学校で初等教育を終えた後、織物専門学校で訓練を受け、一九〇三年ウーピツェの織物工場に就職。だが、向学の念止めがたく、一九〇四年プラハに出て芸術工芸学校に入学、装飾画を中心に学ぶ。

一九〇七年　カレルとともに各種新聞雑誌に寄稿開始。

一九一〇年　カレルとの共作戯曲『愛の運命劇 *Lásky hra osudná*』執筆。十月、ドイツ経由でパリへ旅行。

一九一一年　カレルとの共作戯曲『盗賊 *Loupežník*』執筆。七月にはカレルとともにマルセーユを経てスペインへ旅行。「造形芸術家グループ」に加入、『月刊芸術 *Umělecký měsíčník*』誌を編集。

一九一二年　最初のキュビスム画制作、単独短編『生ける炎 *Živý plamen*』公刊。十月、パリへ旅行。「造形芸術家グループ」脱会、「マーネス造形芸術家連盟」に入会。雑誌『自由な流れ *Volné směry*』の共同編集者となる。

一九一三年　キュビスム画を何点か制作、十月、ベルリンへ旅行。

一九一四年　三月、『自由な流れ』編集を辞し、四月には「マーネス造形芸術家連盟」から除名される（七月第一次世界大戦勃発）。

一九一五年　六月、軍役に召集されるが、視力の点などで結局免除。

一九一六年　兄弟の共作短編集『輝ける深淵 *Zářivé hlubiny*』初公刊。

一九一七年　最初の単独エッセイ集『レリオ *Lelio*』公刊。『ナーロドニー・リスティ（国民新聞）』紙編集部に入る。

一九一八年　芸術家集団「頑固派」のメンバーとなる。カレルとの共作『クラコノシュの庭 *Krakonošova zahrada*』公刊。風刺誌『怖いもの知らず *Nebojsa*』編集。第一画集発行（十月、チェコスロヴァキア共和国建国。十一月、第一次世界大戦終結）。

一九一九年　ヤルミラ・ポスピーシロヴァー Jarmila Pospíšilová（一八八九―一九六二）と結婚。プラハのジーチニー通りの家で弟と共同生活。第二画集発行。

一九二〇年　エッセイ集『最も控え目な芸術 *Nejskromnější umění*』公刊。

一九二一年　カレルの『ロボット *RUR*』上演の際、コスチュームなどを提案。カレルとの共作劇『虫の生活から *Ze života hmyzu*』（北村喜八訳『虫の生活』近代社）公刊。カレルとともに

一九二三年　『ナーロドニー・リスティ』紙から『リドヴェー・ノヴィニ（人民新聞）』紙編集部に移籍、以後一九三九年まで同社勤務。
一九二四年　ドイツへ旅行。散文作品集『ドルフィン（海豚）のために *Pro delfína*』、『多くについて少し *Málo o mnohém*』、戯曲『多くの名を持つ国 *Země mnoha jmen*』公刊。
一九二五年　プラハおよびブルノで初の個展。エッセイ『人造人間 *Umělý člověk*』公刊。
プラハのヴィノフラディの住宅（現チャペック兄弟通りにある）にカレルとともに新築・転居。カレルのエッセイ集『演劇はどのように生まれるか、および舞台裏案内 *Jak vzniká divadelní hra a průvodce po zákulisí*』（ヨゼフの挿絵およびエッセイ一編「舞台の準備」（本書収録）を含む。拙訳チャペックエッセイ選集6『新聞・映画・演劇をつくる』恒文社、参照）公刊。
一九二七年　カレルとの共作劇『創造者アダム *Adam stvořitel*』公刊。
一九二八年　エッセイ集『さまざまな物事 *Ledacos*』公刊。
一九二九年　イラスト入り児童読物『小犬と小猫のおはなし *Povídání o pejskovi a kočičce*』（いぬいとみこ・井出弘子訳『こいぬとこねこはゆかいななかま』童心社）公刊。
一九三〇年　小説『羊歯の影 *Stín kapradiny*』公刊。
一九三二年　カレルと共作のイラスト入り童話集『九つのおはなしと、もう一つおまけのヨゼフのおはなし *Devatero pohádek a ještě jedna jako přívažek od Josefa Čapka*』（中野好夫訳『長い長いお医者さんの話』岩波書店）公刊。

一九三四年　プラハでの「カリカチュア・ユーモア画国際展示会」に参加。
一九三六年　エッセイ『跛行の巡礼者 *Kulhavý poutník*』公刊。アフォリズム集『黒雲への手記 *Psáno do mraků*』執筆開始（一九三九年まで続行、死後四七年に刊行）。
一九三七年　カリカチュア・シリーズ「独裁者の長靴」（ナチスを風刺したもの）制作。五十歳生誕祝賀会。
一九三八年　ソ連へ旅行。評論『自然民族の芸術 *Umění přírodních národů*』公刊（九月ミュンヘン協定によりチェコはナチス・ドイツに領土割譲。十二月二十五日、弟カレル没）。
一九三九年　（三月、ナチス・ドイツの占領によりチェコはボヘミア・モラビア保護領となる。九月、第二次世界大戦勃発）九月一日ナチスにより政治犯として逮捕され、プラハのパンクラーツ拘置所に留置。正式裁判も受けぬまま、九月九日ドイツのダッハウ、九月二十六日ブーヘンヴァルトの各強制収容所に転送され、以後死ぬまで囚人生活を送る。
一九四二年　六月二十六日、ザクセンハウゼン収容所に転送。
一九四五年　二月二十五日、ベルゲン＝ベルゼン収容所に転送され、四月四日に最後の生存ニュースが伝えられているが、連合軍による解放を目前にして、チフスのため病死したと推定される。死亡日時および埋葬場所は不明。ただし、プラハのヴィシェフラトの墓地にある娘アレナの墓石に名ばかりのヨゼフの墓碑銘が刻まれている。

初出一覧

＊ＬＮ＝『リドヴェー・ノヴィニ（人民新聞）』

Ｉ　人びと

サボテン愛好家のために……一九三〇年　『アヴェンティンスキー・マガジーン』
自分自身についての文章？……一九二五年　『アヴェンティーナ 評論』
丘への道で……一九二五年　ＬＮ
生まれ故郷……一九五八年　『自己について』
（没後、手書き原稿から起こしたもの）
女の子の父親たち……一九二四年　ＬＮ
安い見物席について……一九二四年　ＬＮ
舞台の準備……一九二五年　ＬＮ
庭の思い出……一九三九年　ＬＮ

II　社会

悲しいことだろうか？……一九二五年　ＬＮ
死刑について……一九二三年　ＬＮ
人間の多様性について……一九二一年　ＬＮ
財宝を守る蛇……一九二五年　ＬＮ

平凡であること…………………………一九二五年　LN
民族的情念《パトス》……………………………一九二七年　LN
進歩とキャンディ………………………一九二六年　『プラメン』誌
大きなミミズ……………………………一九二一年　LN

Ⅲ　技術と芸術
人造人間…………………………………一九二四年　LN
新しき宗教――スピードのモラル………一九二二年　LN
人は芸術から何を得るか………………一九三四年　『ジヴォト』誌
生きている伝統について………………一九三九年　『プログラムD』誌

Ⅳ　政治と戦争
アララト山からの下山…………………一九二一年　LN
社会主義者の乗り物……………………一九二三年　LN
わたしはなぜコミュニストでないのか…一九二五年　『プシートムノスト』紙
政治的情熱………………………………一九二二年　LN
見えざる死………………………………一九二四年　LN
政治的な旅でのデザインと描画………一九三四年　LN

Ⅴ　強制収容所からの詩…………………一九四六年　『強制収容所からの詩』
（それぞれの詩が実際に作成された時期は不明）

[著者]
Josef Čapek
ヨゼフ・チャペック（1887–1945）
東チェコのフロノフの町に、医者の息子として生まれる。1903年、ウーピツェの織物工場に就職、04年プラハに出て芸術工芸学校に入学。1907年、弟のカレルとともに新聞各紙に寄稿しはじめる。カレルと数々の戯曲、童話集などを共作・刊行する一方、キュビスムをはじめ、様々な画風の絵を制作、舞台美術から本の装幀に至るまで、幅広い分野で活躍した。カレルの戯曲『ロボット』によって広まった「ロボット」という語は、ヨゼフの創案とされる。ナチス・ドイツの台頭に対しては、ジャーナリストとして決然たる対抗姿勢をとり、1939年９月１日、ナチスにより政治犯として逮捕、プラハのパンクラーツ拘置所に留置される。同９月９日にはドイツのダッハウ、26日にはブーヘンヴァルトの各強制収容所、1942年６月にはザクセン・ハウゼン収容所に転送され、1945年、ベルゲン＝ベルゼン収容所にて、連合軍による解放を目前にして死去。チフスによる病死と推定されるが、死没日時、埋葬場所は不明。画家・作家として高く評価され、弟のカレルとともに、現在もチェコの人々に広く愛され続けている。

[編訳者]
飯島 周（いいじま・いたる）
1930年、長野県生まれ。東京大学文学部言語学科卒業。1967年以降、数度にわたりチェコのカレル大学に留学。言語学専攻。跡見学園女子大学名誉教授。2009年、チェコ文化普及の功績により、同国政府から勲章受章。主な訳書に、J. サイフェルト詩集『マミンカ』、〈カレル・チャペック エッセイ選集〉（いずれも恒文社）、K. チャペック『ホルドゥバル』『平凡な人生』（いずれも成文社）、J. チャペック『人造人間』、J. ハシェク『不埒な人たち』、J. ラダ／J. ジャーチェク『どうぶつだいすき』（いずれも平凡社）、K. チャペック『いろいろな人たち』『こまった人たち』『未来からの手紙』『絶対製造工場』『園芸家の一年』（いずれも平凡社ライブラリー）などがある。

平凡社ライブラリー 866

ヨゼフ・チャペック エッセイ集《しゅう》

発行日…………2018年4月10日　初版第1刷

著者……………ヨゼフ・チャペック
編訳者…………飯島 周
発行者…………下中美都
発行所…………株式会社平凡社
〒101-0051　東京都千代田区神田神保町3-29
電話　(03)3230-6579［編集］
(03)3230-6573［営業］
振替　00180-0-29639
印刷・製本……株式会社東京印書館
ＤＴＰ…………大連拓思科技有限公司＋平凡社制作
装幀……………中垣信夫

ISBN978-4-582-76866-4
NDC分類番号989.5　Ｂ6変型判(16.0cm)　総ページ280

平凡社ホームページ　http://www.heibonsha.co.jp/

落丁・乱丁本のお取り替えは小社読者サービス係まで
直接お送りください（送料、小社負担）。

平凡社ライブラリー　既刊より

E・ヘミングウェイ＋W・S・モーム ほか……病短編小説集
青柳いづみこ……水の音楽――オンディーヌとメリザンド
白川　静……文字講話　Ⅰ〜Ⅳ
白川　静……文字講話　甲骨文・金文篇
廣松渉＋加藤尚武 編訳……ヘーゲル・セレクション
水原紫苑……[改訂] 桜は本当に美しいのか――欲望が生んだ文化装置
リチャード・ブローティガン……ブローティガン　東京日記
山路愛山＋丸山眞男 ほか　市村弘正 編……論集　福沢諭吉
寺山修司……[新装版] 寺山修司幻想劇集
夢野久作……夢Q夢魔物語――夢野久作怪異小品集
❖……[現代語訳] 賎のおだまき――薩摩の若衆平田三五郎の物語
半藤一利……其角と楽しむ江戸俳句
ヴァージニア・ウルフ……三ギニー――戦争を阻止するために
鹿島　茂……[新版] 吉本隆明１９６８
澁澤龍彥……貝殻と頭蓋骨
林　淑美 編……戸坂潤セレクション
レーモン・ルーセル……額の星／無数の太陽